POUR TOUT LE MONDE

À VOL D'OISEAU

TOUT LE MONDE

MOEURS, USAGES, COUTUMES.

PARIS,
PHILIPPART, LIBRAIRE,
rue Dauphine, 24.

VOYAGE

A VOL D'OISEAU

AUTOUR DU MONDE

PAR

L. GIRAULT.

—

4e édition

REVUE ET CORRIGÉE PAR L'AUTEUR.

A PARIS

CHEZ PHILIPPART, LIBRAIRE

6, BOULEVARD DES ITALIENS;

ET CHEZ TOUS LES LIBRAIRES

DE LA FRANCE.

LE MONDE

A VOL D'OISEAU.

Le jour est proche où l'on inventera une écriture facile à lire et capable d'exprimer en quelques pages la matière de plusieurs volumes. Malheureusement cette sténographie populaire n'est point encore révélée, et il faut que nous décrivions tous les pays de la terre en soixante pages.

Nous n'avons donc pas le temps de discourir ; il faut parcourir à vol d'oiseau la surface du globe, et enregistrer en courant ce qu'il offre de plus inspirateur.

Lecteur bénévole, suivez-nous dans notre essor rapide, et planez avec nous au-dessus de la capitale du monde civilisé.

De l'élévation où nous sommes, la Seine ressemble à un filet d'argent liquide coulant entre deux rives étroites bordées de petites habitations parmi lesquelles on aperçoit çà et là quelques points culminants.

Ici s'élève le Panthéon avec sa magnifique coupole et son beau péristyle. Ce monument vient d'être rendu au culte catholique, et nous allons pour la seconde fois effacer l'inscription et les sculptures de son fronton, apothéose de la philosophie.

Non loin de là, la Sorbonne et le Collége de France ouvrent leurs portes à la studieuse et ardente jeunesse. Nous ne pouvons citer toutes les illustrations qui ont brillé dans ces asiles de la science et des lettres ; à peine avons-nous le temps de nommer Cuvier, la plus vaste intelligence des temps modernes, et dont le génie recréa ces plantes et ces animaux gigantesques qui vivaient à l'aurore du monde et n'existent plus depuis des siècles qu'à l'état de pétrification.

Le Palais-de-Justice appelle aussi nos regards par son mélange de constructions gothiques et de constructions modernes. C'est là que Thémis prouve ou doit prouver par ses arrêts qu'elle est inaccessible au prestige de l'or, de la puissance et de la beauté, et qu'elle sait tempérer la sévérité des lois par la considération des faiblesses inhérentes à l'espèce humaine.

Notre-Dame, au centre de l'antique Lutèce, vient de voir s'embellir le quartier de la populeuse Cité. Grâce à des réparations splendides, elle s'est revêtue d'une nouvelle jeunesse, et se prépare à braver encore l'effort des siècles.

L'Hôtel-Dieu touche la métropole : mais nos regards attristés se détournent avec douleur des maux sans nombre auxquels l'humanité est astreinte et que nous ne pouvons soulager.

Le Jardin-des-Plantes nous offre une collection complète des animaux de toutes les contrées, des végétaux de tous les climats. Animaux et plantes inclinent leurs têtes flétries, et nous prouvent, eux aussi, que l'air de la patrie est seul vital, et que rien ne saurait remplacer la liberté.

Je vois le pont d'Austerlitz, souvenir de gloire impérissable, que le peuple peut aujourd'hui franchir gratis : c'est toujours quelque chose.

Voilà où était la Bastille. Sur la place où elle dominait s'élève une superbe colonne de bronze. A sa base sont des corps qui se réduisent en poussière ; sur son contour sont gravés des noms qui s'effacent, et de son sommet le génie de la liberté semble déployer ses ailes d'or pour s'envoler dans les cieux.

Suivons les boulevarts, la plus belle rue de l'univers, si le vent périodique des émeutes permettait aux arbres qui les bordent de croître et de nous protéger de leurs rameaux ; nous y verrons des constructions riches et élégantes, des magasins des cafés resplendissants, et des théâtres qui attirent la foule, quand l'anarchie et la peur et la faim, ses fidèles compagnes, ne planent pas sur le pays.

Au sommet de la colonne, revêtue de l'histoire en bronze de la grande armée, domine la statue du vainqueur de l'Europe, impassible sur son piédestal comme le héros l'était sur les champs de bataille.

Admirons en passant la Madeleine, cette copie si harmonieuse du Parthénon. Ce temple est consacrée à un culte tout de charité, tout d'abnégation, et cependant les merveilles de l'art, l'éclat du luxe y ont été prodigués. Ses portes de bronze sont admirables; mais rien n'égale la sculpture de son fronton : texte éloquent de pierre, dont ces paroles modernes ne sont que la traduction : « Que les méchants tremblent, et que les bons se rassurent. »

L'obélisque de Loucqsor s'élève fièrement sur la magnifique place de la Concorde. Ses hiéroglyphes indéchiffrables semblent crier aux sourds qui passent à ses pieds que tout s'évanouit dans ce monde, dynasties, peuples, langages, constitutions. En effet ce moellon voyageur a survécu à l'empire des Pharaons, et après avoir dormi dans la poussière des ruines de Thèbes pendant trente siècles, il s'est réveillé triomphant au sein de Paris.

A l'extrémité du pont de la *Concorde* ou de la *Révolution* (étranges synonymes), on voit le palais de nos législateurs improvisés par l'omnipotence populaire.

Quelle est cette coupole dorée? C'est un monument national dû à Louis XIV : il recèle un échantillon des guerriers qui ont promené la gloire de nos armes du Danube au Nil, du Tage à la Moskowa, et dans les déserts brûlants de l'Afrique. Entrons dans la chapelle pavoisée de drapeaux conquis sur vingt nations, et saluons le tombeau de Napoléon. — Vicissitudes instructives des choses de ce monde : les cendres exilées de l'Empereur ont été ramenées en France par un jeune et loyal prince qui est proscrit à son tour, et le neveu du César moderne, prisonnier alors, est aujourd'hui président de la République !

De la face orientale de l'Obélisque je vois la Bour

Ce beau monument est aussi une construction à la grec-
que, auquel il ne manque pour les surpasser que d'être
en marbre de Paros, placé sur un promontoire dominant
la mer et éclairé par le soleil de l'Orient. C'est l'artère
de la finance, dit-on ; mais son pouls, plus ou moins
élevé, n'annonce pas toujours la santé de la patrie.

Le Louvre n'est qu'à deux pas. Contemplons sa façade
admirable, imitée instinctivement de celle d'un monument des ruines de Palmyre par un architecte français.
On parvient dans l'intérieur par des escaliers superbes
soutenus par des colonnes de porphyre, et conduisant
dans des galeries qui recèlent des chefs-d'œuvre de peinture et de sculpture de tous les pays, de tous les temps.
D'autres galeries contiennent des collections d'antiquités,
de papyrus, qui nous prouvent à la fois le génie de
l'homme et sa fragilité. Des parterres se dessinent, des
candélabres se posent dans la cour de ce monument.
Fleurs et clartés paraîtront à la fois ; les unes pour em-
baumer le jour, les autres pour chasser la nuit.

Quant au Palais débaptisé, rebaptisé et redébaptisé
selon le caprice des révolutions, il est encore le rendez-
vous brillant des Parisiens, des provinciaux et des étrangers. Nous y apercevons deux théâtres : l'un, exigu,
incommode, où l'on joue des parodies, des farces, des
turlupinades, est toujours plein; l'autre, splendide, com-
fortable, temple de Molière, de Racine, de Corneille et
de Voltaire, est une vraie solitude. Que voulez-vous ! pour
une personne qui va admirer le lever majestueux du
vieux soleil, il y en a mille qui risquent de se faire étouf-
fer pour voir un nouveau feu d'artifice.

Le château du palais et la première cour ont été
provisoirement transformés en galerie d'exposition de
peinture. A voir le nombre incommensurable de chefs-
d'œuvre sortis des palettes de nos jeunes peintres, on
pourrait craindre qu'avec le temps nous eussions plus
d'artistes que d'industriels et d'agriculteurs. Mais la ré-
cente exposition de l'industrie nous a rassuré en nous
prouvant que le génie de l'homme s'exerce avec autant

d'énergie et plus de succès dans tous les arts nécessaires au bien-être populaire, fondement de la sécurité et de l'harmonie sociale.

A l'extrémité de la belle avenue des Champs-Elysées s'élève glorieusement l'arc de triomphe de l'Etoile, le plus gigantesque monument que l'orgueil national se soit jamais érigé à lui-même, et qui contraste avec les idées nouvelles d'un peuple qui a pris pour devise : Liberté, Egalité, Fraternité universelles. Cet arc triomphal n'est pas cependant une anomalie; il dit aux nations qui seraient tentées de nous être hostiles : Nous ne voulons plus dominer par la guerre; mais voyez comme nous savons la faire !

Au nord-ouest de Paris, sur une éminence pittoresque est le cimetière du père La Chaise, où viennent se confondre dans une même poussière les âges et les fortunes diverses. Là encore se montre la puissance de l'or : que de monuments magnifiques, orgueilleux et inutiles ! Que de tombeaux à perpétuité ! Si cela continue, avant un siècle cette vaste nécropole égalera en étendue la ville des vivants.

Voyez-vous cette ceinture de pierre qui entoure la capitale, et ces forts qui la défendent et la menacent ? Tout cela a coûté comme trois cents millions. Quel vaste et splendide asile pour les invalides civils on aurait pu édifier avec cette somme énorme ! Mais les gouvernements sont, comme les individus, parcimonieux pour l'utile, prodigues pour l'ostentation.

Jetons maintenant un regard d'adieu sur les riants alentours de Paris. Je vois Saint-Cloud, son parc, sa belle cascade et son château, qui nous rappelle l'assassinat de Henri III et le 18 brumaire. — Le noble et silencieux Versailles, tout étonné des flots tumultueux du peuple qui se presse pour admirer dans son royal palais notre beau musée national.—Neuilly, où il y a encore un pont superbe, et où on ne voit plus que les ruines récentes et de mains d'homme d'un château princier. — Saint-Germain, ancien séjour de Christine de Suède, où naquit Louis XIV, où mourut Jacques II, et dont la terrasse est admirable.—Saint-Denis, avec sa basilique hardie et ses tombeaux changés en cénotaphes. — Montmorency, où Jean-Jacques écrivit les pages brûlantes de *la Nouvelle Héloïse*, et Grétry ses plus suaves mélodies.—Vincennes et son donjon, qui résista aux ennemis en 1814, et qui ouvre tour à tour ses portes de fer aux accusés de tous les partis. — Charenton, au confluent de la Seine et de la Marne : il y a un hospice célèbre d'aliénés. Comment se fait-il que malgré tant d'établissements où l'on guérit, dit-on, ici les aberrations de l'intelligence, là les vices du cœur, ailleurs les maladies du corps, il y ait encore dans la société tant de fripons, d'insensés et de valétudinaires ? — En face, sur l'autre rive, nous voyons Alfort, renommé par son école vétérinaire, où la jeunesse apprend à guérir les animaux des maladies qu'ils contractent dans la société de l'homme.—Bicêtre, enfin, dernier asile de la démence incurable et de la décrépitude infortunée, qui ne peut y être admise que lorsqu'elle a déjà un pied dans la tombe.

Avant d'entreprendre notre voyage autour du monde, nous allons faire celui de la France. En partant de Paris nous trouvons Meaux, Château-Thierry, Châlons-sur-Marne, Bar-le-Duc, Nancy, la ville la plus régulière de France, et nous nous arrêtons sur le sommet de la flèche de Strasbourg, le plus haut monument du monde après la grande pyramide d'Egypte. De Strasbourg, nous suivons les bords sauvages et pittoresques du Rhin jusqu'à Carlsruhe, puis nous rentrons en France, et nous allons successivement à Weissembourg, Sarreguemines, Thionville, Montmédi, Sédan, Rocroy, Valenciennes, Lille et Dunkerque. Ce port est précédé d'une rade regardée comme une des plus belles de l'Europe. On y remarque la place Jean-Bart, décorée de la statue de ce héros, les estacades et la tour du port, d'où l'on contemple l'immensité de la mer et les riantes campagnes de la Flandre. De Dunkerque, nous allons suivre tout le littoral de la France. Bientôt nous voyons Calais. Cette ville est redevenue française depuis 1558; nous nous y sommes arrêté un instant pour voir la maison où naquit Pigault-

Lebrun. Boulogne se présente. Ce fut dans ce port que César prépara sa première expédition contre les Bretons : dix-neuf siècles après, Napoléon, de ce même lieu, menaçait l'Angleterre. Le 15 août 1804, il y distribua les premières décorations de la Légion d'honneur, et l'armée, pour retracer à la postérité l'époque de la fondation de cet ordre célèbre, érigea à ses frais, sur un plateau d'où l'on découvre les côtes de l'Angleterre, une colonne monumentale capable de résister aux siècles. Le vent nous pousse avec rapidité, et nous voyons fuir loin de nous Dieppe, le Havre, Cherbourg et son bassin magnifique creusé dans le roc vif à seize mètres de profondeur au-dessous du niveau de la marée; Granville, Saint-Malo, le tombeau pittoresque et battu des flots de l'auteur des *Mémoires d'Outre-Tombe ;* de cet écrivain rempli de lui-même, qui fut à la fois monarchique et républicain, catholique et philosophe, croyant et sceptique, ambitieux et insouciant, austère et voluptueux. Chaque parti le revendiquait et chantait sa louange : c'est le secret de son immense renommée. Voilà Brest. La rade est regardée comme une des plus belles du monde, et quand nous verrons plus tard celles de Constantinople et de Rio-de-Janeiro, nous conviendrons que si elles sont plus vastes elles ne sont pas plus sûres.

Après Lorient nous passons entre le Croisic et un écueil fameux en naufrages et sur lequel on a construit un phare pour diriger les navires dans l'embouchure de la Loire. Nous serions bien tenté de profiter de sa lumière, de remonter ce beau fleuve, et de visiter en passant : Nantes, Angers, Saumur, Tours, Amboise, où le Napoléon du désert a trouvé sa Sainte-Hélène; mais nous sommes contraint de suivre notre cabotage, et nous touchons successivement aux Sables d'Olonne, à La Rochelle, à Rochefort, et après avoir laissé à notre droite les îles de Ré et d'Oléron, nous atteignons l'embouchure de la Gironde, et nous remontons ce beau fleuve jusqu'à Bordeaux. Promenons-nous donc dans la patrie de Montesquieu; son port, son climat, son théâtre, nous plairont sans

nous captiver, et avant peu nous verrons La Teste.
Nous y sommes : c'est une ville petite, mais très-an-
cienne, située sur le bord d'un océan toujours agité, et
abritée à l'est par une forêt de sapins. De La Teste nous
partîmes pour Bayonne, où nous arrivâmes en passant
l'Adour, sur le pont Saint-Esprit, qui sépare le faubourg de ce nom de la ville. Que dis-je, le faubourg !
c'est une ville, et même située dans un autre départe-
ment. C'est ainsi que Constantinople est en Europe,
tandis qu'un de ses faubourgs est en Asie.

Notre plan étant aussi de suivre le littoral de la Méditerranée, nous allons nous diriger sur Port-Vendres. La
première ville importante qui se présente est Orthez ;
elle est située sur le penchant d'une colline, baignée par
le Pau, qui coule dans un lit très-escarpé, et sur lequel
est jeté un pont gothique, surmonté d'une tour d'où
l'on jouit d'un des points de vue les plus étendus sur le
Béarn. Nous nous sommes arrêté dans cette ville parce
qu'elle nous rappelle le nom d'un des gouverneurs qui
refusèrent d'obéir aux ordres sanguinaires de Charles IX.
Nous passons ensuite à Pau, patrie de Henri IV, à Tarbes,
Foix et Perpignan, dont les fortifications portent l'empreinte des différents temps où elles ont été construites.
Charles-Quint, Louis XIV, Napoléon et Louis XVIII,
y ont fait travailler tour à tour. Les environs sont charmants : ils sont couverts d'orangers, de grenadiers, de
vignes et d'oliviers.

Port-Vendres, où nous venons d'arriver, est une jolie
petite ville maritime, déjà célèbre du temps des Romains.
Son port était devenu impraticable pour les gros vaisseaux : il fut creusé, agrandi et restauré à la fin du dernier siècle. La place qui se trouve en face est très-belle,
carrée ; chaque côté a environ 60 mètres. Au centre s'é-
lève un obélisque de marbre, haut de 33 mètres. Les
bronzes du socle représentent les quatre principales
époques du règne de Louis XVI : la servitude abolie,
l'indépendance de l'Amérique, le commerce protégé, la
marine relevée. Il faut dire que ce monument est à 235

lieues de Paris : les passions politiques ne permettent
guère l'impartialité dans le centre de leur bouillonnement.

Continuant de longer les côtes de la Méditerranée,
nous voyons Collioure, Narbonne, à deux lieues dans les
terres; Agde, à peu de distance de l'embouchure de
l'Hérault, et enfin Cette, où nous allons nous reposer un
moment. Situé à l'embouchure du canal du Midi dans la
Méditerranée, sur une presqu'île qui le sépare de l'étang
de Thau, que l'on traverse sur un pont de 52 arches,
c'est le seul port du golfe de Lion qui offre un asile sûr
aux vaisseaux battus par la tempête.

Montpellier n'est pas un port de mer, mais on l'aperçoit du rivage, et c'est une ville si heureusement située
qu'on peut s'écarter de sa route pour la visiter : de quelque côté qu'on y arrive l'œil est enchanté par la beauté
du paysage.

En suivant la côte nous trouvons Aigues-Mortes. C'est
dans cette ville, aujourd'hui à deux lieues de la mer,
que le 1er juillet 1270, saint Louis s'embarqua pour la
dernière croisade; le 25 août suivant il expira au milieu
des ruines de Carthage : la folie héroïque des croisades
s'éteignit avec lui. De là nous doublons les Bouches-du-
Rhône pour entrer par le canal des Martigues dans le
golfe de Berre, où nous débarquâmes pour aller voir,
près d'Aix, le magnifique aqueduc de Roque-Favour,
qui n'est terminé que depuis trois ans. Il est dans une
situation aussi romantique que le célèbre pont du Gard,
mais construit sur une plus vaste échelle. Il transmet
l'eau de la Durance à la belle colonie des Phocéens, où
l'on voit des pavillons de toutes les couleurs, où l'on entend parler les idiomes de toutes les nations.

De Marseille nous nous dirigeons sur la Ciotat, puis
à Toulon, ce brillant rival de Portsmouth, où Bonaparte
révéla son génie, et où il s'embarqua pour la conquête
de l'Egypte. Nous passons Saint-Tropez, et nous saluons
la patrie de l'empereur Tacite, qui se faisait gloire de descendre de l'historien. Fréjus était déjà important au siècle
de César. On n'y voit plus, il est vrai, que des vestiges

de son ancienne splendeur ; mais la nature est restée la même, et aucune ville de Provence ne se présente sous un aussi bel aspect. C'est à Saint-Raphaël, petit port à une demi-lieue de Fréjus, que Napoléon débarqua à son retour d'Egypte, le 9 octobre 1799. C'est encore au même endroit qu'il vint s'embarquer en 1814 pour l'île d'Elbe, et c'est près de Cannes que nous vîmes ensuite qu'il prit terre le 1er mars 1815.

Antibes, à l'extrémité des côtes de France, est une ville fort ancienne, entourée de hauteurs couvertes de la plus luxuriante végétation, et d'où l'œil se promène sur toute la côte qui se déploie en demi-cercle, au milieu duquel est la ville de Nice. Derrière s'élèvent les Alpes maritimes que la neige couronne pendant une partie de l'année.

Notre excursion maritime est terminée, et nous continuons notre tour de France en visitant successivement Grasse, Castellane, Digne, Gap, Grenoble, la grande Chartreuse, Belley et Ferney, où nous faisons halte un instant. Cette petite ville, située au pied de la chaîne du Jura, dans un charmant vallon, n'était qu'un hameau marécageux en 1758. Voltaire y fit édifier cent vingt maisons, et engagea le célèbre horloger Lépine à y établir un comptoir; en peu de temps ce pays devint très-florissant. Aujourd'hui encore la mémoire de son illustre protecteur est une source de richesses; de tous les points du monde les voyageurs viennent visiter la maison qu'habita le philosophe. Elle est située sur une petite éminence qui domine dans l'éloignement une partie du pays de Vaud, les montagnes de la Savoie, au-dessus desquelles le Mont-Blanc élève sa cime majestueuse, la ville de Genève et les bords de son lac enchanteur, dont on ne peut parler sans plaisir et sans y allier le doux souvenir de Jean-Jacques Rousseau. On arrive à cette charmante habitation par une belle avenue de tilleuls. Le bâtiment est simple; c'est l'habitation d'un citoyen aisé et non la demeure somptueuse d'un seigneur opulent. L'appartement qui se présente en face de l'entrée principale était le cabinet d'étude de Voltaire; il est éclairé sur le jardin par des portes vitrées et domine le plus riant paysage.

Quel que soit l'attrait qui nous retienne à Ferney, l'éditeur nous crie : Marche! marche! et nous obéissons. Mais à peine avons-nous passé Gex et Pontarlier, que nous nous écartons encore de notre chemin pour aller voir le Saut du Doubs. A sept lieues de cette ville nous aperçûmes le lac de Chaillaxon, magnifique réservoir formé par le Doubs. Au-dessous de ce réservoir cette rivière coule entre des rochers agrestes couronnés de sapins, qui ne laissent plus à son lit qu'une étendue de 12 mètres, par où elle se précipite perpendiculairement d'une hauteur de 28 mètres. Le bruit de cette cataracte, éclairée par les rayons du soleil couchant, fit sur nous une impression que n'effaça point depuis la vue du Saut de Niagara, dans l'Amérique septentrionale.

Nous avons passé Besançon, Porentruy, Colmar, Schélestadt, nous sommes à Strabourg; notre tour de France est accompli. Il faut franchir la frontière, aller à Munich, l'Athènes de l'Allemagne, et de là à Vienne et peut-être en Hongrie : mais la liberté furieuse et l'ordre implacable y ont promené le ravage et la mort, et nous nous contentons de suivre par la pensée l'itinéraire que nous nous étions tracé. Après avoir visité Austerlitz, en Moravie, nous devions voir d'abord Prague, Berlin, Varsovie, qui porte encore l'empreinte des boulets russes, Smolensk et Moscou; mais ces contrées sauvages où la terre se pétrifie six mois de l'année, et où les fleuves se changent en marbre blanc, nous auraient rappelé de pénibles souvenirs, et nous nous serions hâté de nous rendre à Riazan, et de là sur les bords du Volga, qui nous au rait emporté à Astrakan et dans la mer Caspienne.

Un autre itinéraire s'offrait encore à nous sur la carte Nous aurions pu, en passant par Lintz, Nuremberg, Francfort, Bruxelles, nous embarquer à Amsterdam pour le Danemark, la Suède, la Laponie, et aller jusqu'au cap Nord; puis, traversant la mer Glaciale, atteindre le pays des Samoyèdes, la Sibérie, la Tartarie et le nord de la Chine.

Nous avons préféré faire volte-face pour voir la belle Italie. Heureux si nous ne trouvons pas ce pays, si favorisé du ciel, en proie aux dissensions politiques. Bâle, Berne, Lausanne et le Simplon sont déjà derrière nous, et nous voyons Turin au centre d'une belle plaine arrosée par le Pô. Toutes les rues de cette ville sont formées par des édifices ornés d'arcades. On y voit, dans le plus beau musée égyptien qui existe, la statue de Sésostris. Ce qui ne nous empêche point d'aller à Milan pour nous prélasser sur ses belles promenades, entrer dans sa cathédrale de marbre, et visiter le couvent où se trouve la *Cène* de Léonard de Vinci.

En traversant la plaine de Marengo nous ne trouvons plus l'obélisque élevé en l'honneur de Desaix, les Autrichiens l'ont détruit en 1814 : Napoléon n'avait pas respecté en Prusse la colonne de Rosbach. On peut détruire un monument, mais non effacer un fait de l'histoire.

Nous passons devant Mantoue la Superbe pour nous arrêter tout près de là dans le modeste village d'Andès, où naquit Virgile.

Trente, Feltre, Bellune, Trévise, célèbres dans nos fastes militaires, nous écarteraient un peu de notre chemin, et nous devons nous hâter d'aller rendre nos hommages à l'ancien époux de la Mer Adriatique. L'incomparable Venise est bâtie sur cent îles; les rues sont des canaux, les voitures des gondoles. L'église de Saint-Marc est remarquable par ses coupoles dorées, ses superbes ouvrages en mosaïque, ses mille colonnes de porphyre, et les quatre chevaux de bronze qui ornent son entrée principale. Ce sont les mêmes que nous avons vus sur l'arc de triomphe de la place du Carrousel, et qui ont orné successivement Athènes, Rome, Constantinople, Venise, Paris, et encore Venise. Pour des coursiers de métal, ils ont passablement voyagé.

De Venise à Florence, nous ne nous sommes reposé qu'un instant à Ferrare, où se trouve le monument funèbre du plus gai, du plus varié, du plus lu des poëtes de d'Italie, de l'Arioste. En vain Bologne, avec ses huit mille maisons toutes a portiques, et sa gloire d'avoir produit Cassini, l'Albane, le Dominiquin, les trois Carrache, tenta d'arrêter notre course, nous avons passé outre, et franchi d'un trait Modène, Lucques et Pise, quoique cette dernière ville ait donné le jour à Galilée ; mais nous devions voir le tombeau de ce grand homme dans l'église de Santa-Croce à Florence.

La patrie de Dante, de Machiavel et de Michel-Ange est située dans une belle vallée arrosée par l'Arno. Le nombre des édifices somptueux qu'elle contient est considérable. Nous n'avons que l'opportunité de visiter son Musée et sa magnifique cathédrale.

La galerie de l'Athènes de l'Italie est la plus rare, la plus complète de l'univers. Le Corrège, le Titien, l'Albane, Véronèse, Carrache, Michel-Ange, Murillo, Raphaël, y étalent leurs incomparables chefs-d'œuvre à côté des plus beaux morceaux que nous ait légués la Grèce antique.

Le dôme de la superbe cathédrale de cette ville n'a de comparable, dit-on, que celui de Saint-Pierre de Rome. C'est ce dont nous allons juger par nos yeux, puisque nous venons d'arriver dans cette ville.

Quelle capitale est aussi connue que Rome? Son histoire est sue de tous les peuples, son ancienne langue est enseignée dans tous les colléges de l'Europe, elle s'est infiltrée dans tous les idiomes ; ses écrivains, ses poëtes, ses orateurs sont donnés en modèles à la jeunesse ; ses monuments font l'admiration de tous les hommes de goût, et de la Tamise au Tibre, du Nil au Danube, on trouve les restes imposants de sa grandeur passée.

Cette grandeur a fait place à une autre qui n'est pas sans gloire. Aux monuments de la Rome d'Auguste on peut opposer ceux du siècle de Léon X. Après Cicéron, Virgile, Horace, Tite-Live et Tacite, on peut nommer le Dante, l'Arioste, le Tasse et Métastase; et c'est à juste titre que Rome est appelée la ville éternelle.

Autrefois les Césars décrétaient la chute ou l'érection des royaumes. Plus tard, le pouvoir papal déposait les rois et traçait sur la carte la délimitation des empires et du nouveau monde. Le prestige s'est un peu évanoui, mais Rome sera toujours le centre des arts et de l'univers catholique.

Ne quittons pas la cité de Scipion, de César, d'Auguste, de Titus et de Léon X sans nous agenouiller dans le plus beau temple que les mortels aient jamais élevé à la Divinité ; visitons le Vatican, le Panthéon, le Colisée, la colonne Trajane, et rendons hommage aux guerriers français qui aimèrent mieux prodiguer leur vie que d'attenter à de tels chefs-d'œuvre.

Avant de descendre le Tibre, nous allons voir à Tivoli la belle cascade de Teverone et le joli temple de Vesta. Nous ne sommes point allé à Frascati visiter les restes d'une masure qu'on dit avoir été la maison de Cicéron : nous avons peu de foi en ces reliques avec lesquelles on amuse la crédulité des voyageurs. Nous avons gagné Ostie, port autrefois florissant, et de là Gaëte, qui doit son nom à la nourrice d'Enée et auquel les événements de Rome viennent de donner une importance historique. Bientôt nous arrivons à Naples. Cette ville offre le contraste hideux d'un luxe éblouissant et d'une ignoble misère ; mais la cité de Parthénope est dans une position si délicieuse, les jours y sont si resplendissants, les nuits si belles, que la pauvreté du peuple y est moins déplorable que dans nos humides et froids climats. Ce qui nous a le plus frappé dans cette ville, c'est le Cabinet des médailles, des bronzes et des peintures trouvés à Herculanum et à Pompéia, et qui nous ont initié aux détails si intéressants de la vie privée et de la vie publique des Romains.

Aux environs de Naples, nous avons remarqué le mont Pausilippe, que les anciens ont percé d'une galerie superbe ; le tombeau de Virgile, monument apocryphe, et, plus loin, près de Pozzuoli, le lac Averne ; la Grotte du Chien et la Solfatara, volcan éteint depuis des siècles.

Nous n'avons pas monté sur le Vésuve ni descendu dans les fouilles obscures d'Herculanum, situées sous la

ville de Portici, parce que nous devions bientôt gravir
l'Etna, et que nous allions directement à Pompéia. Cette
ville fut engloutie en 79, et elle était effacée de la mémoire des hommes comme de la surface du sol, quand,
en 1755, des fouilles la firent découvrir. Elle a été entiè-
rement déblayée, et, à l'exception des toitures, les maisons, les édifices et les temples ont été retrouvés dans
un état parfait de conservation. Les rues sont ornées de
trottoirs, et dans l'intérieur des palais et des maisons, on
a trouvé des peintures, des mosaïques, des statues de la
plus grande beauté ; des ustensiles de ménage et de cui-
sine, aussi commodes qu'élégants ; enfin des noix, des
figues, des lentilles dans un état de dessiccation qui n'a-
vait pas altéré leurs formes. Pour donner au reste une
idée de l'importance de Pompéia, il suffit de citer une af-
fiche qu'on y a trouvée, par laquelle Julia Felicia offrait
pour cinq ans la location de ses biens, consistant en une
maison de bains et neuf cents boutiques.

En parcourant seul et lentement ces quartiers déserts,
silencieux, et qui ont retenti des accents de la foule et du
fracas des fêtes publiques, nous nous disions : Ce peuple
qui dort dans la poussière depuis dix-huit siècles avait
nos désirs et nos craintes, nos joies et nos terreurs, nos
faiblesses et notre sot orgueil, et nous nous consolions de
la vie par sa passagère fragilité.

Au moment où le soleil se couchait resplendissant dans
la mer Tyrrhénienne, nous franchissions le détroit qui nous
séparait de la Sicile. A peine arrivé à Palerme, des signes
précurseurs nous annoncèrent une éruption de l'Etna.
Tout à coup un bruit affreux retentit au milieu du silence
de la nuit. On entend au loin la mer mugir et rouler sur
le rivage ses flots amoncelés. La montagne s'entr'ouvre
avec effort, et lance au plus haut des airs une colonn
ardente, qui répand au milieu de l'obscurité une lumière
lugubre et sanglante. Des rochers énormes volent de tous
côtés ; un torrent de feu s'avance avec rapidité et inonde le
campagnes. Cependant l'incendie s'apaise ; peu à peu les
feux s'amortissent, la mer retire en murmurant ses ondes

bouillonnantes, le bruit cesse, et le jour reparaît...Il nous retrouve en Grèce.

Ce nom réveille dans notre cœur le sentiment de l'admiration. Lycurgue, Solon, Aristide, Thémistocle, Xénophon, Léonidas, Homère, Pindare, Démosthènes, Platon, Timée de Locres, Pythagore, Thucydide, Périclès, Socrate, Sophocle, Phidias, et cette foule d'écrivains, de poëtes et d'artistes, qui demeurent encore nos exemples et nos modèles après vingt siècles, se dressent devant nous.

Laissons l'avenir, oublions le présent, et remontons le cours des siècles. A défaut de grandeur présente nous invoquerons nos souvenirs historiques. Quelle ville serait plus capable de nous porter à la méditation que la cité de Minerve, Athènes, que Cicéron appelait la mère des orateurs, des poëtes et des philosophes ! On n'y voit plus, il est vrai, ces temples, ces gymnases et ces portiques, rendez-vous du peuple le plus spirituel qui ait existé. Après avoir subi la domination romaine, qui honora sa grandeur passée, elle tomba sous le joug abrutissant des Turcs : elle est aujourd'hui gouvernée par un prince allemand, et commence à sortir de son obscurité. On admire encore dans l'Attique Marathon, qui rappelle Miltiade ; le mont Hymette et l'île de Salamine, célèbre par la bataille navale qui porte son nom, et qui sauva la Grèce. De nos jours, la bataille de Navarin concourut puissamment à l'indépendance et à la régénération de cette contrée classique des arts, de la philosophie et de la liberté. Jetons un regard rapide sur la Macédoine, puissant royaume, qui, par l'habileté de Philippe et la valeur d'Alexandre, donna des lois non-seulement à la Grèce, mais à toute l'Asie.

L'Epire était arrosée par le Cocyte et l'Achéron, et célèbre par la forêt de Dodone, dont les chênes rendaient des oracles. Le Pinde séparait l'Epire de la Thessalie. La fable et l'histoire se rassemblent pour rendre cette contrée mémorable. Bornons-nous à citer Larisse, patrie d'Achille ; le mont OEta, où se trouvait le passage des

Thermopyles, et cette vallée de Tempé, arrosée par le Pénée, que les poëtes ont chanté comme le séjour le plus délicieux de l'univers.

La Béotie avait pour capitale Thèbes (aujourd'hui Thiva), qui vit naître Epaminondas, Pélopidas et Pindare. Alexandre la détruisit, et ne conserva que la maison de Pindare.

Des petites îles voisines, l'une est la pierreuse Ithaque, patrie d'Ulysse, l'autre est Leucade. Les amants malheureux qui se précipitaient du sommet de son promontoire dans la mer étaient guéris à la fois de l'amour et de la vie.

Sparte, sur l'Eurotas, fut la rivale d'Athènes, mais ne racheta pas l'égoïsme cruel de son patriotisme par les arts, l'éloquence et la philosophie. L'Elide est fameuse par ses Jeux olympiques; l'Arcadie, par la victoire d'Epaminondas; Épidaure, par son temple; Trézène, par la mort d'Hippolyte; Corinthe, par son port sur deux mers, par l'airain, fruit de l'incendie qui la dévora, et Messine, par l'infortune de ses habitants.

L'espace nous manque pour décrire la Thrace : elle est baignée à l'est par le Pont-Euxin (mer Noire), et au sud par la mer Egée (Archipel). On y voit les montagnes Rhodope et Hœmus, que les poëtes ont personnifiées, et elle est arrosée par l'Èbre, sur les bords duquel Orphée fut mis en pièces par les Bacchantes.

Des nombreuses villes de la Thrace (Romélie) nous ne nommerons que Byzance, depuis Constantinople, aujourd'hui Stamboul. Elle est située sur deux mers, dans la plus avantageuse et la plus belle position de l'univers. Les Turcs s'en emparèrent au quinzième siècle, y établirent l'islamisme, et aujourd'hui la magnifique église de Sainte-Sophie est devenue une mosquée, comme à Rome le Panthéon s'est transformé en temple chrétien.

Nous venons de passer le détroit de Constantinople, et nous sommes en Asie. La première ville remarquable où nous nous arrêtons est Bruse, capitale de l'empire ottoman avant la prise de Constantinople. De là nous allons visiter la Troade, qui est traversée par le mont Ida, baignée par le Scamandre et le Simoïs, et où existait la capitale du royaume de Priam, détruite par les Grecs 1270 ans avant J.-C.

Entre Pergame et Sardes, ancienne capitale du royaume de Crésus, nous passâmes le Granique, célèbre par l'heureuse témérité du vainqueur de Darius, et nous nous rendîmes à Smyrne, où l'on prétend qu'Homère reçut le jour. C'est aujourd'hui une des plus florissantes villes du Levant, et le centre du commerce de l'Europe et de l'Asie. Nous étions trop près d'Ephèse, renommée par le temple de Diane brûlé par Erostrate le jour même de la naissance d'Alexandre, pour ne pas y faire une excursion. Notre curiosité fut trompée. Nous ne trouvâmes que des tronçons de colonnes et un pauvre village appelé par les Turcs du nom peu poétique d'Ayasaluc.

Avant de continuer notre voyage, rappelons les noms de quelques-unes des îles qui bordent les côtes de l'Asie Mineure : Lesbos et Chios, renommées pour leurs vins; Samos, patrie de Pythagore; Pathmos, où saint Jean écrivit l'Apocalypse; Cos, célèbre par son temple à Esculape. Dans la mer intérieure, Rhodes, où existait le fameux colosse de 70 coudées, et Chypre, où étaient les villes de Paphos et d'Amathonte.

A Smyrne, nous nous sommes embarqué pour Alexandrette, petite ville située au fond de la Méditerranée et non loin d'Alep, la plus grande ville de toute la Syrie, dans l'intention de pénétrer dans l'intérieur de ce vaste pays et d'explorer les ruines de Ninive et de Babylone. Bagdad, sur le Tigre, capitale de l'ancienne Chaldée, et qui est, dit-on, une des plus belles villes de l'Orient, tentait aussi notre curiosité; mais on ne peut tout voir et tout décrire, et nous allions nous hasarder dans les déserts brûlants de la Syrie pour y chercher les ruines de Palmyre, quand un Anglais, qui venait de faire ce pénible voyage nous en dispensa par la description suivante :

« Après avoir traversé les montagnes du Liban, couvertes de cèdres séculaires, et franchi les vastes déserts
qui mènent jusqu'à Palmyre, on aperçoit une vaste plaine
traversée dans sa longueur par une suite immense de colonnes occupant une étendue de 4,000 mètres. Cette
vaste avenue commence au monument encore debout de
Jamblichus et finit à un arc de triomphe. Puis on arrive
au temple du Soleil, où l'architecture avait prodigué
toute sa magnificence. Une foule immense de colonnes
de toutes grandeurs, les unes debout, les autres renversées ; des temples, des péristyles, des sépulcres mutilés,
sont accumulés à droite et à gauche de l'avenue principale, et forment un ensemble qui inspire les plus profondes pensées. »

Cette ville, connue alors sous le nom de Tadmor, fut
embellie par Salomon, et devint sous Zénobie riche et
puissante. Par suite des révolutions successives elle fut
complétement détruite, et ses ruines étaient encore in-
connues à l'Europe en 1753.

D'Alep nous avons gagné Damas, capitale de toute la
Syrie. Rien n'est plus agréable que les environs de cette
ville. On visite surtout avec une sorte de curiosité la
belle et vaste plaine où l'on prétend que l'homme fut créé.

Les côtes qui longent la mer intérieure portaient le
nom de Phénicie. Sidon en était la capitale. Tyr, colonie
de Sidon, fut surnommée la reine des mers. Détruite par
Nabuchodonosor, rebâtie ensuite et renversée depuis par
Alexandre, les habitants élevèrent dans une île voisine
la nouvelle Tyr, qui surpassa l'ancienne en puissance.
Toutes ces villes ont été détruites, et de leurs vestiges
on a formé des peuplades dont les noms sont aussi bar-
bares que leurs habitants.

La Palestine mériterait sans doute un pèlerinage res-
pectueux. Mais nous sommes déjà emporté par un navire
avec rapidité, et pour le moment nous allons discourir
au lieu de voyager. Si les circonstances nous le permet-
taient, nous gravirions le Carmel couvert de vignes et
d'oliviers; le Thabor, où s'accomplit la transfiguration

de J.-C., et le mont Nébo, d'où Moïse vit la Terre promise. Nous visiterions Nazareth, où résidait la sainte Vierge; Cana, célèbre par le changement de l'eau en vin; Béthulie, que Judith délivra en tranchant la tête à Holopherne; Jezraël, renommé par la vigne de Naboth; Jéricho, dont les murs s'écroulèrent au son de la trompette; Gabaon, où Josué commanda au soleil de s'arrêter pour avoir le temps d'exterminer les vaincus; Jérusalem, enfin, à jamais célèbre par le temple de Salomon et la passion du Christ.

Nous avons quitté l'Asie. Nous sommes en Afrique, et c'est avec un sentiment de joie que nous avons mis le pied sur le sol de l'Egypte, où le nom de Français est un titre de respect et d'honneur.

Rosette, où nous venons d'arriver, est une habitation curieuse pour un Européen; mille objets nouveaux y frappent ses regards; il se croit transporté dans un autre univers. Dans la ville règne un silence qui n'est interrompu par aucune voiture; les chameaux y servent de moyens de transport; les habitants marchent posément, de longues robes tombent sur leurs talons; leur tête est chargée d'un lourd turban; ils se coupent les cheveux et laissent croître leur barbe. Les femmes du peuple, dont le vêtement consiste en une ample chemise bleue et un long caleçon, ont le visage couvert d'un morceau de toile percé vis-à-vis des yeux; celles qui sont riches portent un grand voile blanc avec un manteau de soie noire qui enveloppe tout le corps; on les croirait en domino.

Dans le voyage de Rosette au Caire, que nous fîmes en nous embarquant sur le Nil, on commence à prendre une idée du sol, du climat et des productions de l'Egypte. Rien n'imite mieux son aspect que celui de la basse Loire, depuis Nantes jusqu'à Saint-Nazaire. En arrivant à la pointe du Delta, nous aperçûmes le sommet des deux grandes pyramides, qui sont à huit lieues. A cinquante ans de date, au moment où nous écrivons ces lignes, une armée française déployait devant ces monuments sa bannière victorieuse et civilisatrice. L'armée et son chef ont disparu dans l'éternité, et les pyramides sont encore debout !

Le Grand-Caire est une ville triste comme toutes les cités musulmanes, mais où cependant a retenti la commotion civilisatrice partie de la France. Dans son enceinte on aperçoit près de trois cents mosquées, dont la plupart ont des minarets entourés de galeries. C'est de là que les crieurs publics invitent le peuple à prier, aux heures prescrites par la loi. A deux lieues au nord-est, on voit encore la levée couverte de décombres sur laquelle était bâtie l'ancienne Héliopolis. Les temples de cette ville magnifique étaient déjà délabrés avant le règne d'Auguste. Des quatre obélisques élevés dans cette ville, deux furent transportés à Rome, un autre a été détruit par les Arabes, et le dernier reste seul debout sur son piédestal. Ce beau monument, et un sphinx de marbre renversé sur le sol, est tout ce qui reste d'Héliopolis, célèbre autrefois par les grands hommes qui sortirent de son école, tels qu'Hérodote, Platon et l'astronome Eudoxe.

Les autres principales villes de l'antique Egypte étaient Memphis, que Cambyse détruisit de fond en comble et dont on ignore aujourd'hui la véritable situation ; Thèbes, ville immense qui occupait les deux rives du Nil, et dont l'antique splendeur est attestée par ses ruines, les plus magnifiques qui existent sur le globe ; et Alexandrie, où l'on admirait le temple de Sérapis, la colonne de Pompée, et surtout les grottes sépulcrales qui se trouvent dans l'un de ses vastes faubourgs, appelé *Nécropolis*, ou ville des morts. La magnifique bibliothèque que les Ptolémée avaient rassemblée fut en partie brûlée par le siége que cette ville soutint contre César, et tout à fait détruite par le calife Omar. La ville moderne d'Alexandrie est bâtie sur les ruines de l'ancienne.

Le monument le plus curieux du règne des Pharaons était le lac Mœris ; il avait 40 lieues de tour, et était destiné à prévenir l'insuffisance ou l'excès des débordements du Nil. Près de ce lac, creusé de main d'homme, se voyait le fameux labyrinthe décrit par Hérodote.

Nous avons trouvé dans la rade d'Aboukir un vaisseau qui, après avoir touché à Tripoli, nous a conduit à Tunis. Près de cette ville toute musulmane, on voit les vestiges d'Utique, célèbre par la mort de Caton, et non loin les ruines de Carthage. Cette ville avait deux ports : détruite par Scipion, malgré la valeur d'Annibal, elle avait été fondée par Didon, et surpassait la splendeur de Tyr.

Nous venons d'arriver à Bone, en Algérie, et nous visitons Philippeville, Constantine, ancienne capitale de Jugurtha, et qui nous rappelle un des glorieux faits d'armes de l'armée française ; Alger, capitale ; Blidah, au pied de l'Atlas ; Bougie, sur le Nasabath ; Tlemcen et Oran, d'où nous partons pour l'Angleterre. Nous passons le détroit de Gibraltar, nous entrons dans l'Océan, qui nous conduit par la Manche à Brigthon : deux heures après nous étions à Londres.

Sidon, Tyr, Carthage, Alexandrie, qu'étiez-vous pour la navigation, l'industrie et le commerce en comparaison de Londres ? Sans boussole, vos vaisseaux osaient rarement s'éloigner du rivage, et aujourd'hui l'Angleterre envoie du levant au couchant des milliers de navigateurs, qui sillonnent avec certitude cet océan sans limites, et, le compas à la main, lisent leur route dans les cieux ! L'Angleterre est la métropole de l'univers commercial. Ses comptoirs, ses colonies florissantes occupent les points les plus heureusement situés des cinq parties du monde. — Le jour de notre arrivée à Londres fut celui de l'inauguration du *Palais de Cristal.* Un concours immense de spectateurs accourus de toutes les contrées du globe se pressait dans ce temple magnifique élevé à l'industrie humaine, et qui déroulait à nos regards un échantillon des merveilles que nous devions contempler en parcourant l'univers.

Des chemins de fer partent de Londres et sillonnent le pays en tous sens ; ils conduisent à Manchester, dont les immenses fabriques suffiraient pour vêtir tous les habitants de la Grande-Bretagne ; à Birmingham, ce vaste atelier de machines à vapeur, d'armes, d'ustensiles de fer et d'acier; à Liverpool, où l'industrie a aussi déployé ses merveilles, et avec lequel le monde entier est en rapport de spéculation. Portsmouth, Plymouth, les deux plus beaux ports du royaume-uni, contiennent de quoi armer toutes les flottes de l'Europe.

Toute cette contrée brumeuse est couverte de prairies, où paissent d'innombrables troupeaux, et dans tous les sites pittoresques s'élèvent de splendides villas. Le peuple des campagnes vit dans l'aisance; mais il n'en est pas de même en Irlande, où la faim exerce ses ravages et où les mères sont forcées de maudire leur fécondité.

En vain le chemin de l'Ecosse nous est ouvert : nous pouvons à peine citer Edimbourg, patrie de l'auteur de *Quentin Durward*; Glasgow, la plus considérable ville du royaume, et où fut construit, en 1810, le premier bateau à vapeur qu'on ait vu en Europe.

Le *Great-Western* met à la voile, montons à bord; nous y voilà. Ses énormes nageoires circulaires donnent des coups précipités et brefs, qui s'allongent de plus en plus à mesure que nous avançons en pleine mer. Le grand foc est déployé pour bien affermir son allure, et le nuage de fumée qui s'échappe de la cheminée, emporté par le vent, s'arrête sur le babord du vaisseau, où son ombre noire tranche avec la blancheur du sillon que le navire trace dans sa marche. Treize jours après notre départ, nous abordions à New-York. Le choléra y exerçait ses ravages. Il frappait l'artisan robuste, soutien de sa famille; l'homme de bien, de talent, et épargnait l'égoïste, l'insensé et l'impotent, à charge aux autres et à lui-même.

Je faisais ces tristes réflexions tout en marchant, lorsqu'une jeune femme, qui me prit pour un docteur, me pria de venir donner des secours à son mari. Je la suis, j'entre et je vois un jeune homme, né Français, plus affligé que malade, et plongé dans l'indigence. Mes soins et quelques pièces d'or dispensées avec délicatesse le rappelèrent à la vie, et me gagnèrent son amitié. J'appris de lui qu'il avait épousé une jeune ouvrière sans l'aveu de ses parents, qui les avaient abandonnés dans leur détresse. Il ne s'en plaignait point, et convenait que les lois de ce pays, en amoindrissant l'autorité paternelle en avaient affaibli aussi la sollicitude et le dévouement. Il me parla avec la plus vive reconnaissance de sa jeune compagne. On ne saurait croire, me disait-il, ce qu'il y a de tendresse persévérante, de sublime abnégation dans le cœur d'une femme du peuple; c'est au point, ajoutait-il, que je suis tenté de croire qu'une instruction trop étendue nuit souvent à l'énergie, à la spontanéité des sentiments généreux. Cette réflexion me remit en mémoire l'opinion d'un de mes amis. Il disait qu'un sot choisit une femme belle et sotte comme lui; que les gens vulgaires sympathisent par opposition morale ou physique; qu'une homme intelligent recherche une femme étincelante d'esprit, tandis qu'un homme supérieur demande à celle qui doit être la mère de ses enfants des qualités plus rares : un bon cœur et du bon sens.

Le lecteur me pardonnera cette anecdote en faveur de sa brièveté. Je reviens à mon sujet. New-York est, après Philadelphie, la plus belle ville des Etats-Unis, et, par son commerce et sa population, la métropole de la République. Pour aller de New-York à Philadelphie, on a le choix du bateau à vapeur ou du chemin de fer. Cette ville superbe, située sur les rives de la Delaware et du Schuylkill, fut fondée par William Penn. Le Congrès y tint ses séances durant la plus grande partie des guerres de la Révolution et la déclaration d'indépendance y fut décrétée.

Des chemins de fer débouchent de Philadelphie dans toutes les directions. Nous prîmes celui qui conduit à Washington, capitale des Etats-Unis. Les monuments de cette petite ville neuve sont tous appropriés à leur destination avec un art parfait. Nous ne pénétrons dans aucun d'eux, et nous allons sonner à la porte d'une maison de modeste apparence. Elle s'ouvre : un homme vénérable nous prie d'entrer, et nous demande, en bon français quel est le but de notre visite. C'était le président des États-Unis. Le peuple de cette République sait honorer son premier magistrat dépouillé de tout faste extérieur. On cite même un président d'un des États de l'Union, devenu simple juge de paix. Voilà le vrai républicanisme.

Nous revenons de Baltimore le cœur navré; l'état de Maryland, dont cette ville fait partie, est encore compté au nombre de ceux où l'esclavage est maintenu dans toute sa sévérité et dans toutes ses rigueurs; peu s'en est fallu que nous nous fissions un mauvais parti en exprimant notre étonnement d'une telle anomalie dans un pays républicain. On nous a répondu que nous étions un fauteur d'anarchie, qu'il y avait des ilotes à Sparte, et que les nègres ne sont pas des hommes. Cette manière d'entendre la liberté n'était pas nouvelle pour nous, et nous nous embarquâmes pour Boston, capitale de l'État de Massachussets.

Le port est spacieux et sûr, et peut contenir cinq cents navires. L'hôtel de ville, bâti sur le sommet d'un monticule, est surmonté d'un dôme dont la lanterne est à cinquante mètres au-dessus du sol. De ce point on aperçoit la ville avec ses édifices, la rade et ses îles, et tout le pays à vingt milles à la ronde, couvert de maisons, de villages et de villes; c'est un des plus beaux coups d'œil qu'il soit possible de se figurer.

Le plus bel ornement de la ville est la place Franklin. Au sommet de Beaconbill s'élève une colonne surmontée de l'aigle américaine; à sa base sont inscrits les événements mémorables de la République.

C'est dans les murs de cette ville qu'éclata la révolution qui se termina par l'indépendance de l'Amérique. Elle s'honore d'avoir donné naissance à Franklin. Heureux pays, qui produisit de tels hommes, et dans les circonstances où ils étaient le plus indispensables, et qui reprenait ses droits imprescriptibles sans avoir commis un seul crime! Exempt de préjugés, il ignorait les distinctions de castes, il n'avait pas de nations limitrophes intéressées à arrêter son développement, et il respirait à l'aise dans une vaste contrée où chaque citoyen pouvait acquérir une portion du sol, qui n'attendait que des bras pour le cultiver.

De Boston, nous avons côtoyé la mer jusqu'à l'embouchure du Saint-Laurent. Nous remontons ce fleuve majestueux et nous débarquons à Québec, capitale du Canada. Tout, en arrivant dans cette ville, rappelle la France : les rivières, les villages, les familles ont des noms français ; les costumes sont analogues à ceux de nos cités ; les petits enfants accourent sur le devant des portes pour saluer les passants.

Le Saint-Laurent forme devant la ville un bassin superbe, et quoique la mer en soit éloignée de cent vingt lieues, la marée y monte à plus de six mètres.

Parmi les merveilles de la nature qu'on admire dans les environs de Québec, nous mentionnons seulement les chutes du Saguenay, à quelques lieues au-dessous de la ville.

Montréal, la seconde ville du Canada, se présente sous un aspect aussi pittoresque, mais bien plus gai que Québec ; elle est entourée de hauteurs boisées, de nombreux vergers, de jolies maisons de campagne, et tout cela renfermé dans une île baignée par un fleuve superbe, où les plus gros navires peuvent remonter.

Nous n'avons dit qu'un mot des chutes de Saguenay ; mais nous allons décrire rapidement le Saut du Niagara, bien plus curieux encore. Pour y arriver en partant de Montréal, on remonte ordinairement le Saint-Laurent, qui traverse plusieurs lacs, entre autres le lac Ontario, où l'on voit la ville de Kingston et celle d'York. A deux milles au sud, on jouit tout-à-coup de la vue de la chute ; l'œil se promène jusqu'à cinq milles en remontant la rivière, où des collines bornent la perspective. La rive est parsemée de moulins et de maisons dont les habitants sont, par l'effet de l'habitude, devenus indifférents au grand spectacle qui frappe leurs regards. Enfin l'œil s'étant reposé sur l'île des Chèvres, qui partage la grande chute en deux, poursuit la rivière jusqu'au bord de l'abîme, où elle se précipite avec un bruit terrible qui s'entend à plusieurs lieues de distance. Deux ponts jetés au-dessus des rapides permettent de se rendre sans aucun danger dans cette île, dont l'esprit mercantile a fait un rendez-vous agréable : on y trouve des bains, des cafés, des restaurants, et des journaux qui, ma foi, sont aussi déclamateurs, aussi partiaux que ceux des bords de la Seine.

Aucun obstacle n'empêche d'approcher jusqu'au pied de la chute, on peut même s'avancer derrière cette prodigieuse nappe, parce que le rocher du haut duquel elle se précipite a une forte saillie. Aucune expression ne peut donner une idée des sensations qu'imprime un spectacle si imposant : tous les sens sont saisis d'effroi, le fracas de l'eau inspire une terreur profonde, qui s'augmente encore lorsqu'on réfléchit qu'un souffle de ce tourbillon peut subitement enlever de dessus ce rocher glissant l'imprudent qui s'y hasarde, et le faire disparaître dans le gouffre bouillonnant qu'il a sous les pieds. La chute ne forme pas une nappe unique, elle est partagée par des îles en trois cataractes. On estime que la quantité d'eau qui se précipite de ces chutes est de sept cent mille tonneaux par minute.

De Québec, nous avons laissé à droite le pays des Algonquins, celui des Esquimaux, le Labrador, la baie d'Hudson pour traverser, sans nous y arrêter, la Nouvelle-Bretagne, la Nouvelle-Galles, et après avoir passé le lac des Esclaves et traversé le Mackensie, nous avons pénétré dans l'Amérique russe jusqu'au détroit de Behring.

Les sauvages de l'intérieur de cette contrée conservent encore leur heureuse indépendance; ils ne manquent pas d'industrie, s'adonnent exclusivement à la pêche, et construisent des pirogues d'une forme ingénieuse et particulière, qu'ils conduisent avec autant d'adresse que d'intrépidité. Les côtes sont hérissées de glaces pendant une partie de l'année; plus avant dans les terres on trouve de hautes montagnes et des volcans en activité. L'été y est fort court, mais quelquefois très-chaud, car le soleil

ne descend pas sous l'horizon : il décrit un cercle incliné
autour du spectateur. En hiver l'astre du jour disparaît
pendant six semaines, et la clarté de la lune, des étoiles
et les lueurs irrégulières des aurores boréales, montrent
seuls à l'homme la terre couverte de neige et la mer hé-
rissée de pics de glace. En tentant de nous approcher
du pôle sur un navire américain, nous fûmes heureusement témoin d'un de ces météores dont nous venons de
parler. D'abord nous vîmes une vapeur blanchâtre formant une portion de cercle dont l'horizon était la corde ;
bientôt la circonférence se dessina par un cercle lumineux ; d'autres cercles plus petits paraissaient inscrits
dans le premier, et séparés par des espaces obscurs ; les
arcs, déjà lumineux s'enflammaient ; les plus obscurs
s'éclairaient vers le zénith, et de tous côtés les régions du
ciel septentrional furent inondées de feu de divers couleurs, jaune, rouge, bleu, violet ; la mer réfléchissait ce
vaste incendie, et notre vaisseau voguait sous un ciel de
feu, sur une mer de feu, en se heurtant contre des gla-
çons enflammés. Tous ces feux diminuèrent graduellement : le grand jet lumineux lança mille gerbes de lumière et s'éteignit subitement.

Comme nous n'avions plus rien à voir sur ces plages
désolées, nous revînmes par la Nouvelle-Calédonie, nous
franchîmes la chaîne élevée des montagnes Rocheuses,
nous vîmes en passant les sources du Missouri, le lac
Supérieur et le lac Érié, nous arrivâmes à Annapolis, où
nous voulions encore une fois serrer la main d'un frère,
que nous ne reverrons peut-être jamais, et nous nous
embarquâmes à Washington pour descendre le Potomac.
Les rives de ce fleuve sont escarpées, variées et ornées
de maisons de campagne. Mount-Vernon, ancienne demeure du général Washington, est une des plus considérables : c'est là qu'il vint tranquillement finir ses jours
après avoir assuré la liberté de son pays ; c'est là que sa
cendre repose, dans un simple caveau, sans le moindre
ornement. On érige en ce moment à ce grand citoyen,
dans la capitale de l'Union, une colonne monumentale

qui sera surmontée d'un globe en or californien.—L'admiration de l'univers et la reconnaissance de sa patrie suffisaient à sa gloire.

En quittant Mount-Vernon, nous avons traversé les Deux-Carolines sans nous arrêter à Wilmington, à Halifax, à Charleston ; la Géorgie, l'Ohio, les monts Alleghany, n'ont pas plus retardé notre course, nous avions hâte d'arriver à la Louisiane. Cette ville est située à l'embouchure du Mississipi. Les deux rives de ce fleuve présentent le tableau le plus varié. Sur le bord occidental, les savanes déroulent leurs flots de verdure à perte de vue. On voit dans ces prairies sans bornes errer à l'aventure d'innombrables troupeaux de buffles sauvages. Sur la rive orientale, la scène change d'aspect, et forme avec la première un contraste admirable. Suspendus sur le cours des eaux, groupés sur les montagnes, dispersés dans les vallées, des arbres de toutes les formes et de toutes les couleurs balancent dans les airs leurs feuillages variés. Les vignes sauvages, les bigonias, les coloquintes s'entrelacent au pied de ces arbres, escaladent leurs rameaux, grimpent à l'extrémité des branches en formant des grottes, des voûtes et des portiques.

La Nouvelle-Orléans fut fondée sous la régence du duc d'Orléans, et le territoire sur lequel elle est bâtie a été cédé par Napoléon aux Etats-Unis. La position de cette ville pour le commerce est incomparable par le fleuve immense qui la baigne et qui reçoit les eaux d'une grande partie de l'Amérique septentrionale au nord du golfe de Mexique. Trois cents bateaux à vapeur naviguent sur le Mississipi ou sur ses affluents.

Si le temps, ou plutôt si l'espace nous le permettait, nous irions dans l'Etat de Mississipi visiter les Natchez et les Chactas, qui habitent de vastes forêts, dans des huttes entourées d'orangers, d'oliviers, et de presque tous les arbres fruitiers de l'Europe. Remontant ensuite le Missouri, le plus considérable affluent du Meschacebé, jusqu'aux monts Rocheux, où il prend sa source, nous ferions connaissance avec les Ottos, les Machas, les

Sioux, qui se nourrissent de la chair des bisons : les Ri-caras, les Minnétaris, adonnés aux danses voluptueuses et qui cultivent le maïs dans leurs agrestes vallées ; les Choconis, cavaliers intrépides et belliqueux. Mais les li-mites dans lesquelles nous sommes emprisonné ne nous permettraient même pas d'écrire les noms des fleuves, des lacs, des montagnes, des volcans, des villes, des na-tions et des peuplades dont se compose le vaste conti-nent du Nouveau Monde. Le lecteur voudra bien suppo-ser que pendant ce préambule nous avons fait six cents lieues et que nous sommes arrivé à Mexico.

Le Mexique, bien que situé sous la zone torride, offre un abrégé du monde entier. En s'élevant comme une im-mense digue entre deux océans qui embrassent le monde, et en se soutenant généralement à une hauteur de deux mille mètres, le plateau mexicain réunit sous un climat aussi tempéré que celui de la France les productions du nord de l'Amérique et celles de l'Europe méridionale, tandis que, placés sur ce large piédestal, des volcans d'une dimension colossale portent jusqu'à la hauteur de cinq mille quatre cents mètres leurs cimes couronnées de feux et de neige éternelle. Les flancs de cette énorme monta-gne aplatie, en descendant jusqu'au niveau de l'océan Pacifique, présentent successivement toutes les nuances de la zone tempérée et de la zone torride. Aux forêts de pins succèdent les forêts de chênes ; puis dans des vergers favorisés par un printemps perpétuel on voit mûrir tous les fruits de l'Europe. Enfin, sur les bords de la mer s'é-tendent des collines et des plaines où abondent la canne à sucre, l'indigo, le coton et les bananes.

Placé de manière à pouvoir communiquer en trois se-maines avec l'Europe, et en quatre avec l'Asie, ce pays est appelé aux plus hautes destinées.

Mexico, l'ancienne capitale de Montézuma et de Gua-timozin, a fait place à celle de la Nouvelle-Espagne : cette dernière est bâtie sur un terrain uni à deux lieues du lac de Xochilmico et de celui de Tezcuco, avec lequel elle communique par le moyen d'un canal. Ses rues lar-

ges, longues et droites, sont composées de maisons peintes de diverses couleurs, et n'ont communément que deux
étages avec des terrasses plantées d'arbres et ornées de
balcons élégants. La grande place est une des plus belles
qui existent. La cathédrale occupe un côté, le fastueux
palais du gouvernement en occupe un autre. Cette ville
possède des églises éblouissantes d'or et d'argent, de
nombreux et riches couvents. Les restes de Fernand Cor-
tez reposent honorés dans une chapelle de l'hôpital de
Jésus; mais ses deux nobles et innocentes victimes, Montézuma et Guatimozin, n'ont pas même un cénotaphe.

Du Mexique nous nous dirigions sur le Guatémala
quand une rumeur, qui bientôt retentit dans l'univers,
vint nous apprendre que dans la Californie, contrée sauvage baignée par l'océan Pacifique, l'or se trouvait en
abondance, à la surface du sol, dans le sable des rivières, dans les anfractuosités des rochers, et sur une étendue de plusieurs centaines de lieues. Il est si doux de
cultiver dans une paisible retraite les arts, les sciences et
la littérature, de soulager l'infortune, et d'embellir l'existence de ce qu'on aime, que nous nous dîmes : Avec de l'or
on a toutes ces jouissances ; allons aussi en Californie.
En arrivant, nous vîmes çà et là des groupes d'hommes
pâles, hâves, acharnés à creuser la terre, à cribler
le sable, à briser les rochers. Mais la plupart mouraient
de faim, expiraient de fatigue ou tombaient sous le
poignard des ravisseurs, sans qu'une larme, un regret
les accompagnât dans la tombe. La soif de l'or
comme la terreur de la peste bannit du cœur de l'homme
tout sentiment d'humanité. Désabusé de nos vaines es-
pérances, nous avons dit sans regret adieu à la Californie, franchi l'isthme de Panama et pénétré dans la Guatémala, dont l'ancienne capitale était située dans une val-
lée étroite bordée des deux côtés par de hautes montagnes. Celles qui s'approchent le plus de la ville sont deux
volcans, l'un d'eau, l'autre qui vomit du feu. La montagne qui lance de l'eau est au sud de la ville, au-dessus
de laquelle ses flancs perpendiculaires sont pour ainsi

dire suspendus. Ce volcan est fort agréable à la vue par la verdure dont il est presque toujours couvert. L'eau du volcan forme des lacs et donne naissance à un grand nombre de fontaines et à une rivière qui arrose la vallée. Mais autant la vue de la montagne qui vomit de l'eau est agréable, autant l'aspect de l'autre est affreux.

Le 7 juin 1787, un tremblement de terre la détruisit. Dès le 5, la mer agitée sortait de son lit; les deux volcans bouillonnaient : on voyait partout des crevasses, et après deux jours d'angoisse l'abîme s'entr'ouvrit. Une partie de la ville disparut dans les entrailles de la terre, le reste des maisons ensevelit sous ses décombres vingt mille habitants. Quelques édifices restèrent seuls debout comme pour conserver le souvenir funèbre de cette catastrophe.—Au sein de ces ruines, qu'effacera bientôt la végétation luxuriante des tropiques, vit aujourd'hui seule et inconnue, une femme belle encore. C'est, dit-on, une excentricité incomprise qui est venue demander à la contemplation des vestiges d'une réelle et grande calamité un lénitif aux tortures fictives que lui faisait subir sa délirante imagination.

La nouvelle Guatémala, fondée à huit lieues de l'ancienne, jouit d'un climat doux et d'un beau ciel. Elle renferme de beaux édifices, les rues en sont larges, les maisons agréables, mais à un seul étage, dans la crainte des tremblements de terre.

Du Guatémala nous passons dans la Colombie. Quoique située entre les parallèles voisins de l'équateur, cette contrée présente des régions tempérées et des plateaux où le froid est extrême. Les Andes, qui bordent à l'occident l'Amérique du sud depuis l'extrémité de la Patagonie jusqu'aux bouches de l'Orénoque, les Andes, disons-nous, s'élèvent dans la Colombie à leur plus grande hauteur, et entre leurs colosses couverts de neige et vomissant des flammes s'élèvent, à deux et trois mille quatre cents mètres au-dessus de l'Océan, des plateaux glacés où croissent les plantes du nord. Les flancs des montagnes et des vallées jouissent d'un printemps éternel : de belles forêts,

de riches moissons , les fruits et les fleurs parent simul-
tanément cette heureuse région, qui produit abon-
damment la canne à sucre, le cacao, le tabac, l'indigo ,
l'ananas, le quinquina, etc. ; Enfin les *llanos* , ou plaines
de l'intérieur, présentent une mer de verdure, qui a
aussi ses vagues, ses ondulations et ses tempêtes.

   Quito, sa capitale, est située presque sous l'équateur, à
une élévation de deux mille mètres au-dessus du niveau de
la mer, et sur le penchant de la montagne volcanique du
Pichincha. En 1755, Quito fut renversé par le terrible
tremblement de terre qui se fit sentir depuis Lisbonne
jusqu'au Pérou. Sa place principale est ornée d'une belle
fontaine, et réunit la cathédrale, l'hôtel de ville, le palais
de l'ancienne audience et celui de l'archevêché.

   Il règne continuellement dans cette ville des vents mo-
dérés qui tempèrent l'impression des rayons du soleil
Si cet avantage n'était pas balancé par divers inconvénients, il n'y aurait pas de meilleur ni de plus agréable
pays sur la terre ; mais les pluies et les orages y sont
épouvantables, et souvent accompagnés de tremblement
de terre. Après la plus belle matinée, les vapeurs commencent à s'élever ; le ciel se couvre de nuages, qui bientôt se convertissent en tempête. Alors tout paraît em-
brasé du feu des éclairs ; le tonnerre fait retentir les montagnes avec un fracas épouvantable et cause souvent des
dégâts dans la ville, qui se trouve inondée. Ce désor-
dre dure jusqu'au coucher du soleil, où l'air redevient
tranquille et le ciel étincelant.

   Latacunga est une autre ville placée dans une situation bien périlleuse. Le redoutable Cotopaxi la domine,
et se détache des Andes par l'éclat de ses neiges et souvent de ses flammes, qui s'élevèrent en 1738 à neuf
cents mètres de hauteur : ses mugissements se font quelquefois entendre à plus de vingt lieues, et ses cendres
couvrent le pays jusqu'à une distance de quinze lieues ;
on dit même qu'elles ont été portées à plus de quatre-
vingts sur des vaisseaux en mer.

   Non loin de Latacunga, on voit des ruines fort curieu-

ses, telles qu'une voie publique digne des Romains, une
forteresse dont les murs sont remarquables par la beauté
des matériaux et par des inscriptions en langue inconnue.
C'est ainsi que dans l'Ohio, au Mexique, au Pérou, on
reconnaît les traces d'une civilisation éteinte bien avant
la domination des Incas et des Caciques. Ces peuples
avaient même transmis aux nations qui leur succédèrent
une suite d'observations astronomiques remarquables et
une approximation de la longueur de l'année plus rigou-
reuse que celle qui était admise en Europe au moyen âge.

De Quito nous nous rendîmes à Bogota, pour aller voir
les cataractes de l'Orénoque dont nous voulions suivre
le cours jusqu'à la mer. Le voyage fut pénible ; il nous
fallut traverser des forêts impénétrables aux rayons du
soleil, et aussi anciennes que le sol qui les porte ; passer
des fleuves rapides, des montagnes dont le sommet domine la région des tempêtes, car dans cette partie de l'A-
mérique, arbres, plantes, fleuves, lacs, rivières, cataractes, insectes, reptiles, tout est grand, terrible, inspirateur. Le soleil même brille d'un plus vif éclat, et le ciel
semble plus enfoncé dans l'immensité. L'homme, dans ces
profondes solitudes, sur ces sommets élevés, en présence
de si terribles dangers et à l'aspect d'une nature si gran-
diose, sent dilater son âme et participe en quelque sorte
de la grandeur qui l'étonne.

Bien avant d'arriver à San-Fernando, un bruit sourd,
grave et continu nous annonça que nous approchions des
cataractes de l'Orénoque : c'est une suite de cascades qui
sont très-pittoresques. Lorsqu'on s'approche des bords du
fleuve, on jouit d'un spectacle tout à fait merveilleux.

Les yeux mesurent soudainement une masse écumeuse
d'un tiers de lieue d'étendue ; des masses de roches d'un
noir de fer sortent de son sein comme de hautes tours :
au-dessus de l'eau est sans cesse suspendu un brouillard
vaporeux à travers lequel s'élancent les cimes de hauts
palmiers. Dès que les rayons brûlants du soleil du soir
viennent se briser dans le nuage humide, les phénomènes
de l'optique présentent un véritable enchantement. Au-

tour des rocs pelés, les eaux murmurantes ont, dans les longues saisons des pluies, entassé des îles de terre végétale, parées de mimosas au feuillage d'un blanc argenté et d'une multitude de plantes étrangères au climat de l'Europe.

L'Orénoque se perd dans l'Océan par cinquante embouchures.

Avant de pénétrer dans la Guyane, jetons un regard sur les Antilles et sur l'Archipel de Bahama, ou îles Lucayes, où se trouve *San-Salvador*, la première terre découverte dans le Nouveau Monde par Christophe Colomb. Elle se nommait alors *Guanahani*, et avait pour habitants des sauvages d'un caractère doux et timide, et dont les Espagnols exterminèrent la race en moins de dix ans.

La principale des grandes Antilles est Cuba; elle a pour chef-lieu la Havane, ville forte et très-peuplée, qui domine un des plus beaux ports de l'univers.

Une autre île, non moins importante, est Haïti ou Saint-Domingue. En 1793, les nègres massacrèrent les colons et se constituèrent plusieurs années après en république, gouvernée par un président : aujourd'hui c'est, dit-on, un empire.

Parmi les petites Antilles nous nommerons la Guadeloupe, la Martinique et Sainte-Lucie.

Revenons à la Guyane. Les Français ont été les premiers qui formèrent un établissement dans ces vastes contrées : depuis elles se sont partagées entre trois puissances. La Guyane française a pour chef-lieu Cayenne; la Guyane anglaise, George-Town; la Guyane hollandaise, Surinam.

L'intérieur n'est pas aujourd'hui plus connu qu'il ne l'était il y a deux siècles. Ce pays est habité par les Caraïbes, les Galibis, et d'autres peuples indiens dont les mœurs sont peu connues ou dénaturées par le contact des Européens.

Quelques parties de la Guyane offrent un aspect montagneux et nu; cependant le sol y est en général très-fertile. Toute l'année la terre est couverte de verdure.

Les arbres portent en même temps des fleurs et des fruits; tout y offre l'image ravissante de l'été et du printemps réunis. Cette fertilité est due à la réunion de la chaleur et de l'humidité ; mais en même temps cet état de choses est loin d'être favorable à la santé des Européens nouvellement débarqués, qui sont attaqués de fièvres continues.

Les grands fleuves, tels que le Surinam, l'Oyapok, le Demerari et l'Essequebo, sont seuls navigables.

L'aspect des forêts est imposant et varié. Quelques arbres, tels que le quatelé, le moranté et le couri-mari, s'élèvent jusqu'à cinquante mètres. Les lianes et les autres arbrisseaux grimpants, en s'entrelaçant autour du tronc et des branches des grands arbres, rendent ces forêts impénétrables, mais en même temps elles les ornent de la plus riche parure par l'éclat de leurs fleurs. Parmi les différents bois de ces forêts les uns ont une odeur aromatique qui en chasse les insectes et les vers marins, si funestes aux navires. Le coubaril donne une résine jaune aussi transparente que le succin ; le hévé ou caoutchouc rend un suc qui, épaissi, est la gomme élastique. Mais ces forêts recèlent aussi des poisons redoutables, tels que le curaie et le vourara. Les ravages de ce dernier sont si prompts, qu'un enfant mourut sur-le-champ pour avoir sucé la mamelle de sa mère à l'instant où elle venait d'être frappée d'une flèche qui en avait été enduite.

L'indigo, le cacaoyer, le bananier, le manioc, la vanille, les ignames, les patates, le maïs, le cotonnier y sont indigènes. Le caféyer, le giroflier, le muscadier, le cannelier y ont été transplantés avec succès. Les quadrupèdes les plus curieux sont le jaguar, le tapir, l'agouti, le fourmilier, l'ocelot. Trois espèces de cerfs, des écureuils et la nombreuse famille des singes, peuplent aussi les forêts de la Guyane. Les chauves-souris y sont redoutées par leur férocité. Le serpent boa acquiert quelquefois la taille énorme de quarante pieds, et de quatre de circonférence. Il engloutit des sangliers, des cerfs entiers. Les crocodiles infestent les lieux marécageux.

Les savanes, les forêts, les bords des rivières et les rivages de la mer sont habités par une multitude innombrable d'oiseaux. Parmi ceux qui brillent par leur plumage on remarque le colibris, les oiseaux-mouches, les perroquets. On rencontre dans les lieux solitaires le coq-de-roche, de couleur d'or, à double crête, et belliqueux comme le coq domestique.

Pour compléter cette description dans laquelle nous avons dû entrer pour donner à nos lecteurs un aperçu de la nature particulière de l'Amérique méridionale en général, nous ajouterons que dans les savanes noyées du nouveau continent, des fleuves d'une immense largeur, tels que l'Orénoque, dont nous avons parlé, l'Amazone, la Plata, roulant à grands flots leurs vagues écumantes et débordant en liberté, semblent menacer la terre d'un envahissement, et faire effort pour l'occuper tout entière. Des eaux stagnantes et répandues près et loin de leur cours couvrent le limon qu'elles ont déposé, et ces vastes marécages, couverts de mangles, de broussailles, et échauffés par les rayons fécondants du soleil, ne sont peuplés que d'animaux immondes, qui pullulent sans nombre dans ces cloaques de la nature. Non-seulement on y voit des serpents monstrueux, des crocodiles, des crapauds, des lézards énormes, mais des millions d'insectes en soulèvent la vase, et attirent les nombreuses cohortes d'oiseaux ravisseurs, dont les cris confus, multipliés et mêlés aux croassements des reptiles, en troublant le silence de ces affreux déserts, semblent ajouter la crainte et l'horreur. pour écarter l'homme du séjour redoutable qui est leur empire.

Nous passons au Brésil, vaste contrée autrefois soumise aux Portugais, mais qui depuis s'est constituée en empire indépendant. Elle confine à la Guyane et touche au Pérou. Sa longueur est de plus de 900 lieues, sur une largeur de 6 à 700. On conçoit qu'une région aussi étendue, arrosée par les plus grands fleuves du monde, et dont l'intérieur est couvert de forêts impénétrables, doit offrir des accidents analogues à ceux que nous avons décrits : nous croyons donc, pour répandre un peu de variété dans cet ouvrage, devoir consacrer quelques lignes à esquisser les mœurs des peuplades sauvages qui en sont en grande partie les possesseurs.

Il se passera encore une longue suite d'années avant que l'on puisse réunir sous des lois uniformes toutes ces tribus diverses, pour qui les avantages de la civilisation sont de nulle valeur et dont la liberté, l'indépendance est la félicité suprême. Au fait, qu'y gagneraient-ils? S'ils sont moins heureux que les hommes civilisés pour lesquels la nature entière est mise à contribution, que ceux qui trouvent dans l'étude des sciences, des lettres et des arts une excitation intellectuelle délicieuse et que l'habitude a transformée en besoin, que ceux même auxquels la satisfaction des premières nécessités fait supporter une existence monotone, ils sont aussi moins infortunés que ces innombrables prolétaires qui peuplent les villes les plus florissantes, et qui ne peuvent subvenir à leurs besoins journaliers que par des travaux pénibles, continuels, abrutissants, précaires, et dont la perspective (s'ils ont le malheur de prolonger leur carrière) est de mourir dans ces gouffres dévorants qu'on appelle pompeusement *Hôtels-Dieu*.

La plupart des Indiens sont un sujet continuel d'effroi pour les Portugais, et les obligent à élever des forts pour les contenir. On vante beaucoup l'adresse des Boutocoudis à lancer des flèches et des zagaies. Ne pouvant lutter à force ouverte contre les Portugais, ils ont recours à la ruse. Enveloppés tantôt de branches d'arbres qu'ils assujettissent à leurs corps, tantôt enduits de boue ou de cendre, ou couchés par terre, ils guettent les colons ou les nègres pour les tuer de loin au passage. Leurs prisonniers ne se laissent fléchir ni par les bons ni par les mauvais traitements, et quand ils perdent l'espoir de s'évader ils se laissent mourir de faim.

Les Pourys, qui demeurent près des Boutocoudis, dévorent leurs prisonniers après les avoir fait rôtir.

Les Tapis se trouvent réduits à quelques hordes errantes

sur les confins de l'Uruguay. Les Cariguis, les plus paisibles des indigènes, demeurent au sud des Tapis. Les Topinambous habitent la côte jusqu'au fleuve Saint-François; les Petivares, au nord du Brésil, sont hospitaliers et cultivateurs. Les Mologagos, sur le fleuve Saraïba, ressemblent, dit-on, aux Allemands par la blancheur de leur peau et par leur haute stature. Sur l'Amazone on trouve les Pauxis, les Urubaquis, et une foule d'autres, dont on n'a que des notions imparfaites. Les Barbados, établis sur les rives du Sypotuba, se distinguent des naturels du nouveau continent par leurs longues barbes. Quelques-unes des nombreuses tribus concentrées jadis sur les bords fertiles du Paraguay ont été anéanties par les Espagnols et les Portugais; d'autres, à l'approche des usurpateurs étrangers, se sont retirées dans des contrées moins favorisées de la nature.

La langue la plus généralement répandue dans le Brésil est celle des Guaranis, parlée dans divers dialectes par les Tapis, les Omagnas, les Topinambous : elle est même habituellement désignée sous le nom de langue brésilienne.

La capitale de l'empire du Brésil est Rio-Janeiro. L'arrivée dans cette ville par la mer est vraiment imposante. De chaque côté de la baie s'élèvent des rochers gigantesques. En approchant, les montagnes couvertes de forêts d'un vert sombre s'abaissent graduellement, et montrent de jolies habitations ombragées de grands arbres, parmi lesquels dominent les cocotiers. On dépasse des îles charmantes, et l'on aperçoit une partie de la baie entourée de pics semblables à ceux des Alpes de la Suisse; puis de nombreux navires à l'ancre, d'autres à la voile, entrant, sortant et saluant les forts du tonnerre de leur artillerie; enfin une multitude de canots, de barques, donnent une idée favorable de ce port de mer, le plus heureusement situé pour le commerce de toutes les parties du monde.

Le palais où réside l'empereur est sur le bord de la mer et se présente bien du lieu principal du débarquement, qui en est éloigné de cent pas : la monnaie et la chapelle en font partie. Parallèlement au rivage se prolonge la rue principale, qui est bordée de beaux édifices, et où se traitent les affaires. Le mouvement de la population, le bruit des carrosses et des voitures, y est étourdissant, et l'on est étonné du grand nombre d'hommes de couleur à demi vêtus que l'on voit sans cesse circuler. La ville possède une bibliothèque publique, un jardin botanique, des théâtres et de riches églises.

L'eau est amenée dans cette capitale par un magnifique aqueduc, et distribuée par des fontaines érigées sur les places publiques. On voit à l'extrémité de cet utile et grand ouvrage une superbe cascade; l'eau tombe et jaillit sur un roc entouré de belles plantes qu'elle vivifie. C'est un but de promenade des plus agréables; on y jouit d'une très-belle vue sur le port, sur la ville et sur quantité d'îles.

Les denrées et les productions de divers pays sont abondantes sur les marchés; on y voit des perroquets et une foule d'oiseaux charmants dont le plumage, bien plus que la voix, attire l'attention émerveillée; mais on est attristé d'un autre côté par les malheureux nègres qu'on y voit exposés en vente comme des bêtes de somme.

La douceur des mœurs de cet heureux climat, l'amabilité des femmes, brunes et jolies, l'affluence continuelle des étrangers, tout se réunit pour faire de Rio-Janeiro une ville comparable aux plus magnifiques capitales de l'Europe méridionale.

Les environs de la ville offrent des perspectives charmantes par les accidents du terrain. Le point le plus remarquable est le *Lagoa da Frietas*, d'où l'on découvre dans le lointain la ville et la mer. Rien n'est comparable à cette belle retraite, quand les feux du jour commencent à faire place à la brise embaumée venant des hautes forêts. Le charme augmente à mesure que la nuit répand ses ombres et que le silence y remplace le bruit. Alors le vent agite mollement les palmiers majestueux, les couronnes des myrtes, et fait siffler les feuilles sèches de l'acajou au milieu d'une pluie de fleurs. Bientôt des météores ignés jouent dans le vague des airs ; l'herbe et les arbres étincellent de vers luisants et de mouches phosphorescentes, et sur la voûte du ciel, des étoiles, qui ne paraissent jamais sur l'horizon européen, brillent d'un éclat inconnu dans nos froides régions. Nous ne rembrunirons pas ce tableau en décrivant les nombreux insectes qui attaquent l'homme sans relâche, qui sucent son sang ou se glissent sous sa peau ; nous savons que la nature a toujours placé un inconvénient à côté des plus vives jouissances.

Le Paraguay est un Etat qui confine au Brésil, et est presque enclavé dans la république de la Plata, dont Buenos-Ayres est la capitale.

Jusqu'à présent, dans notre voyage, nous nous sommes peu occupé de l'histoire des pays que nous avons parcourus ; mais nous dirons un mot de celle du Paraguay, parce qu'elle offre des particularités que le lecteur lira peut-être avec intérêt, et qui rompront la monotonie d'un ouvrage descriptif.

Dès le commencement du seizième siècle, les Portugais avaient formé au Brésil des établissements qui excitèrent l'émulation des Espagnols. Charles-Quint, dans l'intention de fonder des colonies qui pussent rivaliser avec les leurs, expédia plusieurs flottes pour explorer les contrées limitrophes, et c'est à une de ces expéditions qu'on doit la découverte du Paraguay, qui fit depuis partie de la vice-royauté de la Plata. Ce ne fut toutefois qu'après des guerres opiniâtres, accompagnées de revers, que les Européens restèrent maîtres du sol. Il est facile, en effet, de concevoir que des aventuriers avides, apportant à des peuples à demi sauvages des institutions, des mœurs, des préjugés différents et une croyance nouvelle, durent exciter une vive antipathie, et ne purent cimenter leur conquête qu'avec le sang des premiers possesseurs.

Les événements qui arrivèrent dans ces contrées n'offrent que peu d'intérêt jusqu'à l'établissement théocratique fondé par les Jésuites au Paraguay, et qui subsista plus d'un siècle et demi.

Depuis quelques années, les Jésuites avaient conçu la pensée de former dans le Nouveau Monde un établissement d'où résulterait pour eux une nouvelle source de gloire et de puissance. Déjà quelques missionnaires de cet ordre célèbre avaient pénétré dans le Chili ; d'autres avaient fondé à l'Assomption, capitale du Paraguay, un collége, tandis que les chefs de l'ordre méditaient les bases de leurs fameuses missions.

Voici comment ils s'y prirent pour réunir sous leur domination les malheureux Indiens. Dans les bourgades appelées *Réductions,* les Espagnols et les Portugais commettaient, à l'égard des Indiens, des atrocités inouïes ; après les avoir battus et décimés, ils les traquaient dans les bois avec des chiens comme des bêtes fauves, les déchiquetaient à coups de fouet, les condamnaient à des travaux perpétuels dans les mines, et, pour les plus légères fautes, les faisaient périr dans les tourments. Ces hommes, déjà subjugués par le malheur, sont ceux que les Jésuites appelèrent à eux pour former les Réductions, et beaucoup répondirent à cet appel, car ils trouvèrent chez les Pères une protection puissante contre les persécutions de leurs bourreaux, un travail bien moins pénible, des mœurs plus douces, et enfin un traitement qui, au sortir de l'esclavage, ressemblait à la liberté.

Quand ces religieux civilisateurs eurent ainsi rassemblé quelques peuplades et les eurent initiées aux mystères de la religion, ils s'en servirent pour accroître leur empire. Lorsqu'une nouvelle tribu se montrait dans le voisinage des Réductions, un missionnaire partait aussitôt pour aller la conquérir à la communauté. Il se faisait suivre d'une troupe de nouveaux convertis et d'une certaine quantité de bestiaux. Les Sauvages, à l'aspect de cet étranger, prenaient d'abord l'alarme, mais se rassuraient promptement en le voyant seul au milieu de leurs compatriotes. Ils entraient en communication sans défiance, et le zélé missionnaire leur faisait distribuer des vivres et des bestiaux, en leur disant qu'il était venu dans le désert pour leur faire part des biens que procurait avec peu de peine et de travail la religion à laquelle il avait le bonheur d'appartenir; et que, pour eux, s'ils voulaient le suivre et se conformer aux habitudes de leurs frères, ils pouvaient s'assurer d'avoir, par un travail modéré, le nécessaire, la paix, le bonheur présent et la félicité future. Cette éloquence des paroles, et surtout des présents, persuadait les sauvages, et ils se mettaient en marche pour le pays des Missions.

Les Réductions étaient situées entre les deux rives du Parana. Au-dessus étaient les Réductions du Brésil, et sur la rive droite du fleuve les Missions du Paraguay proprement dites. La capitale de cette confédération se nommait Candelaria.

Les travaux des Indiens étaient basés sur leurs aptitude, et entremêlés de fêtes, de cérémonies qui ne laissaient de place ni à l'oisiveté ni à l'ennui. Leur nourriture était saine et abondante. Quoiqu'ils fussent sous la domination absolue des Pères, ils nommaient cependant parmi eux un cacique chargé de la police locale.

Le gouvernement théocratique des Missions dura 158 ans, depuis la fondation de la première Réduction, en 1609, jusqu'à la suppression de l'ordre des Jésuites, en 1767. Dans ce laps de temps, il eut diverses alternatives de prospérité et de décadence, mais en général il fut favorable aux Indiens, et les préserva d'une horrible persécution; et comme les Pères surent toujours profiter des conjonctures, il est impossible de prévoir où se fussent arrêtées les limites de leur juridiction, si l'Europe entière ne se fût pas déclarée contre un Ordre redoutable par sa constitution, et dans tous les membres, obéissant à un chef unique *perinde ac si cadaver essent*, étaient répandus dans toutes les cours et sur la surface du globe.

Nous avons dit que le gouvernement des Jésuites fut d'abord utile aux Indiens, mais il faut ajouter qu'il n'était propre qu'à les amener à un degré très-borné de civilisation. Aussi, après 158 ans d'obéissance passive, la famille des Guaranis se trouva-t-elle à peu près au même point d'ignorance qu'auparavant. Avouons cependant que ce mode de gouvernement était sagement et fortement constitué, imité sous plus d'un rapport de celui des Égyptiens, favorable aux masses, puisque tout homme de bonne volonté était assuré de son existence et de celle de sa famille, quelque nombreuse qu'elle fût; approprié au temps, aux lieux et au climat, et qu'il ne lui manqua qu'une plus grande tendance à favoriser le développement de l'intelligence, afin de rendre progressivement les hommes dignes d'une sage liberté.

Après la dissolution de l'Ordre des Jésuites, les Indiens qui composaient les Missions se sont en partie dispersés. Venons aux événements contemporains.

A l'époque où Buenos-Ayres brisait le joug de la métropole, le Paraguay fit aussi sa révolution. Mais après il tomba sous le sceptre de plomb d'un homme supérieur, mais aussi despote et impitoyable que juste et persévérant. Le docteur Francia, après s'être fait nommer dictateur perpétuel, fit fermer l'entrée de ses Etats à tous les étrangers, défendit qu'aucun de ses sujets en sortît, punit des peines les plus sévères la moindre infraction à ses lois, flétrit la paresse, récompensa 'activité, et rendit les villes et les villages responsables des vols qui se commettaient dans leur localité respective. Il était mort depuis dix ans à l'époque où nous traversâmes le Paraguay, et les troubles continuels et sanglants qui étaient devenus l'état normal du pays faisaient regretter sa tyrannie.

Le fameux Rio de la Plata, ou *Rivière d'Argent*, qui a soixante lieues à son embouchure dans la mer, va nous conduire à Buenos-Ayres, située à 80 lieues dans l'intérieur du pays, et où le fleuve a encore 12 lieues de large.

Il existe dans cette république beaucoup de pampas, où paissent d'innombrables troupeaux. Les habitants d'origine espagnole mènent une vie plus sauvage que les Indiens. Chaque berger a sous lui autant d'aides qu'il a de milliers de têtes de bétail. Tous demeurent dans des huttes qui n'ont ni portes ni fenêtres. Une barrique d'eau, un peu de bois pour griller leur viande, une bouilloire en cuivre, des peaux pour se coucher, composent les provisions et l'ameublement. Les bergers se promènent à cheval pour inspecter leurs troupeaux, et s'assurer qu'ils ne dépassent pas les limites du pâturage. Ils sont peu hospitaliers : l'habitude de replier sur eux tous leurs sentiments les rend peu capables de ressentir l'amitié ; mais s'ils n'en connaissent pas les rares et vives jouissances, ils en ignorent aussi les amères et nombreuses déceptions.

Buenos-Ayres est une des plus importantes et des plus belles villes de l'Amérique méridionale. Par sa situation et par la pureté de l'air qu'on y respire, elle a tout ce qui peut rendre une ville florissante. La vue d'un tiers de l'enceinte s'étend sur de vastes campagnes, toujours couvertes de verdure ; le fleuve fait les deux autres tiers de son circuit, et paraît au nord comme une vaste mer qui n'a de bornes que l'horizon. L'hiver commence dans ce pays au mois de juin, le printemps au mois de septembre, l'été en décembre, l'automne en mars. En hiver, les pluies y sont abondantes, et toujours accompagnées de tonnerre et d'éclairs si terribles que l'habitude n'en diminue pas l'horreur. Pendant l'été, la chaleur y est tempérée par de petites brises, qui s'élèvent graduellement entre huit et neuf heures du matin.

Les femmes de cette capitale ont acquis une juste réputation de grâces et d'amabilité ; la fertilité du terrain répond à l'excellence de l'air ; la nature, en un mot, n'y a rien épargné pour en faire un séjour enchanteur.

Revenant sur nos pas, et tournant à l'orient, nous traversons l'intérieur du Brésil, nous visitons en passant Tijuco, chef-lieu du district des diamants, nous franchissons l'Amazone et les Andes, et nous arrivons dans le *Pérou*.

La civilisation de ce pays, comme celle du Mexique, est bien antérieure à sa découverte par les Espagnols. Il était régi, depuis treize générations, par des incas, dont le gouvernement était doux et paternel. Les Péruviens adoraient l'astre du jour. Des vestales étaient occupées à filer la laine des vigognes pour les vêtements de l'inca et des pontifes, à parer les temples et à entretenir le feu sacré, image du soleil. Les lois étaient sages et simples ; les princes du sang royal ne jouissaient des prérogatives de leur naissance qu'après de sévères épreuves. Des greniers d'abondance étaient établis dans chaque district, et les impôts pesaient le moins possible sur les pauvres. Enfin des *quippos* ou cordelettes de plusieurs couleurs servaient, par leur arrangement et leurs nœuds, à exprimer la pensée. Les arts étaient parvenus à un haut point d'élévation, et leurs astronomes avaient calculé rigoureusement la marche dans le zodiaque du dieu resplendissant qu'ils adoraient.

Cuzco, aujourd'hui évêché, était la capitale des incas. Elle attire encore maintenant l'attention par la beauté de ses environs et par ses antiquités. Le couvent de San-Domingo est bâti sur l'emplacement même du temple du soleil, le plus riche peut-être de tous les édifices qui aient jamais existé. L'intérieur était revêtu de plaques d'or ; des ciselures de ce métal ornaient l'extérieur ; l'image du soleil était aussi en or massif, et les corps embaumés des incas reposaient devant elle sur des trônes de même matière. Le temple de la lune, orné d'argent, renfermait les restes des reines ; et, à quelque distance, un immense palais servait de retraite aux quinze cents *vierges* du soleil. La citadelle était remarquable par la dimension des pierres employées à sa construction. Au sortir de Cuzco, on trouvait deux routes qui conduisaient, l'une par la plaine, l'autre par les montagnes, à Quito. La difficulté des lieux pour la dernière, qui traversait la croupe des Andes, à une hauteur supérieure à celle des Alpes, ajoutait un prix immense à la magnificence de ce travail. De ces superbes monuments, la nouvelle Cuzco ne conserve que quelques murs de la forteresse ; les vestiges des routes se trouvent dans les provinces éloignées.

La capitale nouvelle du Pérou est *Lima*, à deux lieues de la mer. Cette ville, fondée par Pizarre, a été plusieurs fois à demi détruite par les tremblements de terre. Les rues en sont larges, les maisons à un seul étage. La cathédrale est un magnifique monument, où tout, jusqu'aux murailles, brille d'or, d'argent et de pierreries. Dans presque toutes les églises, on voit des cages en bois précieux, suspendues par des chaînes d'or aux colonnes du chœur; de petits oiseaux y sont renfermés, et font retentir les voûtes sacrées de leur mélodieux ramage.

Depuis que le Pérou a brisé le joug de l'Espagne, le tribunal de l'inquisition y a été supprimé : c'est la conquête la plus réelle qu'il ait faite jusqu'à ce jour. Ce pays se divise en Bas et Haut-Pérou; Potosi est la capitale de ce dernier. Le lac Titicaca sépare les deux Etats. C'est le plus grand des lacs de cette partie de l'Amérique. Il a cent lieues de circuit, et jusqu'à 80 brasses de profondeur. Dix à douze grandes rivières y portent leurs eaux. Il renferme plusieurs îles, dont la plus grande formait autrefois une colline que les incas firent aplanir. Ce lac se décharge dans un autre par un canal que l'on passe sur un pont fait d'une sorte de corde de paille, qui se trouve en abondance au Pérou. Sur huit gros câbles tendus d'une rive à l'autre, et fortement retenus à des poteaux, on a placé des bottes de jonc et de glaïeuls, attachées les unes aux autres, et bien amarrées aux câbles, de manière à former un pont suspendu, et qui a pu servir de modèle aux ponts en fil d'archal, si communs aujourd'hui en Europe.

Pour aller au Chili, nous avons un désert de 80 lieues à traverser. Ce pays s'est aussi constitué en république; mais la religion catholique y est seule reconnue. Quoique depuis trois siècles les Espagnols aient conquis et ravagé le Chili, ils n'ont cependant jamais pu en soumettre tous les peuples à leur domination. Les plus intraitables de ces Indiens indépendants sont les Araucaniens, race belliqueuse et remarquable par le développement de son intelligence, et qui a conservé ses mœurs et ses croyances.

Le climat du Chili est doux et agréable. Le sol recèle des rubis, des saphirs, des topazes; mais, ce qui est bien plus précieux, la pomme de terre en est originaire. Les chevaux, qu'on y a naturalisés, ont formé une race supérieure à celle de l'Andalousie. Les lamas et les vigognes y sont en grand nombre.

Les Chiliens sont si bons cavaliers qu'ils semblent ne faire qu'un avec leur cheval. Les armes dont les habitants font usage sont le couteau, le lazo ou nœud coulant et les balles. Ces deux dernières ne s'emploient qu'à cheval. Le lazo est une courroie longue d'une quarantaine de pieds, avec un anneau de fer à un des bouts, pour recevoir l'autre extrémité. Le nœud coulant que l'on forme de cette manière se réduit à quatre pieds de diamètre ; le cavalier replie dans sa main le reste de la courroie, se met à la poursuite d'un animal, et la lui lance à pleine course à la partie qu'il veut atteindre. Rarement il manque son coup, et dès qu'il a saisi l'animal, il tourne autour pour l'envelopper. On est surpris de la force avec laquelle un cheval entraîne un buffle qui lui résiste, ou le tient renversé à terre lorsqu'il est tombé.

La capitale de la république est *Santiago*, située au milieu d'une belle plaine, à trente lieues de la mer. Elle est traversée par le Mapocho, qui, lui fournissant par des aqueducs une grande quantité d'eau, répand la fraîcheur et la fertilité dans les jardins dont elle est remplie. Le pont est d'une élégante et noble construction. Il y a des promenades étendues, d'où la vue se porte sur les Andes, couvertes de neige, et qui paraissent voisines de la ville, quoiqu'elles en soient à une distance considérable. Les hommes sont bien faits, spirituels ; les femmes ont les traits agréables, le teint rosé, les dents blanches et les cheveux noirs. Dans cette ville, la manière de vivre a une empreinte de gaieté, d'hospitalité, de bienveillance qu'on ne trouve pas au même degré dans aucune ville de l'ancien ou du Nouveau-Monde. On y aime singulièrement la musique et la danse, et ainsi qu'à Lima et autres capitales, le luxe des habits et des équipages est poussé à l'excès.

Entre Santiago et Capioco, petit port le plus septentrional de la république, on observe des vallées remarquables, elles courent des Andes au grand Océan ; elles sont larges de deux milles à peu près, et ne donnent passage qu'à de petites rivières, dont les bords, élevés d'une soixantaine de pieds, portent les traces des courants considérables qui les ont sillonnés. Des couches épaisses de cailloux roulés s'y trouvent mêlées avec une terre évidemment apportée de loin, parce que sa nature diffère de celle du terrain environnant. Plusieurs lits successifs de ces matériaux étrangers forment de part et d'autre un talus vers le fond. Ces lits indiquent que des fleuves, après avoir coulé longtemps à une certaine hauteur, ont diminué tout à coup à diverses époques, et il est impossible de se rendre compte des causes qui ont pu tarir d'aussi vastes rivières, dont le cours était régulier dans un espace de plusieurs centaines de milles.

C'est dans le lit de ces grands fleuves desséchés que l'on trouve l'or; souvent c'est à plus de trente pieds au-dessus du niveau actuel des eaux que les recherches sont les plus fructueuses. Ainsi au Chili comme dans les plaines de la Touraine, au pied de l'Etna comme sur les bords du Nil, le globe porte l'empreinte de ces changements lents et successifs qui proclament son incalculable antiquité.

— Mais quand donc a-t-il commencé et quand finira-t-il? — Le commencement et la fin d'un cercle se trouvent l'un et l'autre dans tous les points de la circonférence.

Partant du Chili nous traversons la Patagonie, où il n'y a point de villes, et dont les indigènes ne nous paraissent que de taille ordinaire. Nous franchissons le détroit de Magellan, la terre de Feu, et du cap Horn nous nous élançons à travers l'océan Pacifique et l'océan Oriental, et bientôt Sumatra, la Nouvelle-Hollande, Bornéo, les Philippines, les Mariannes échappent à nos regards, et nous abordons au *Japon* dans le port de Nangasaki, le seul dont l'entrée soit permise aux Européens. Le gouvernement de ce pays a jugé convenable d'empêcher des étrangers d'essayer de changer leurs lois, leurs mœurs et leur religion. Cette ville est située dans la petite île de Xisno. Elle est entourée de montagnes sur le sommet desquelles on a construit des forts d'où l'on peut observer tout ce qui se passe en mer.

Jeddo est la capitale de toutes les îles du Japon. Elle a vingt-cinq lieues de circuit et trois millions d'habitants. Une grande rivière la traverse et se divise en cinq bras qui se réunissent avant de se perdre dans la mer. Pour voir cette capitale dans toute sa splendeur, il faut se transporter sur le beau pont de marbre qui traverse le principal bras du fleuve. Les arches en sont assez élevées pour permettre aux bâtiments d'y passer à pleines voiles.

Macao est une autre capitale, appelée la ville sainte parce qu'elle est la demeure du souverain pontife. Elle est située au milieu d'une belle plaine entrecoupée de riantes collines et arrosée de plusieurs rivières. On aperçoit sur toutes les hauteurs une multitude infinie de temples, de monastères, de chapelles, dont le nombre monte à plus de cinq mille.

Les Japonais n'ont rien plus à cœur que la magnificence de leurs temples. On y arrive par des allées spacieuses, plantées d'un double rang de cèdres. L'intérieur est soutenu par des colonnes d'une hauteur prodigieuse, les murs sont peints, vernissés, polis; les toits sont dorés, sculptés avec un art admirable; on y entend une musique harmonieuse et sévère; les costumes des prêtres y sont resplendissants. Enfin on n'a rien négligé de ce qui pouvait frapper l'imagination du vulgaire, dont la foi semble s'accroître en proportion de la magnificence des temples et de la pompe du culte.

La chose la plus curieuse que nous ayons vue au Japon est l'*arbre à papier*, espèce de mûrier dont l'écorce sert à faire des cordes, des mèches, des étoffes et un excellent papier.

De Macao nous faisons voile pour *Pékin*, capitale de la Chine. Cette métropole de l'empire le plus peuplé de la terre renferme plus de deux millions d'habitants. Elle est environnée d'un fossé et d'un mur de quarante pieds de hauteur, de trente de largeur à sa base, et de quinze à son sommet, et flanquée de tours bâties à trente-cinq toises de distance les unes des autres. Les portes, au nombre de treize, sont d'une construction remarquable. Auprès de chacune d'elles on voit deux grands pavillons, dont l'un domine la campagne et l'autre la ville. Ils ont neuf étages percés de lucarnes et de canonnières : au bas est une salle qui sert de corps de garde.

La ville est partagée en une infinité de quartiers soumis à certains chefs qui rendent compte au gouvernement de ce qui se passe dans leurs districts. Chaque père de famille répond de la conduite de ses enfants et de ses domestiques, et est obligé de mettre sur sa porte un écriteau qui dénote le nombre et la qualité de ceux qui demeurent chez lui. La ville est gardée par des soldats qui marchent toujours le bâton à la main, et corrigent immédiatement ceux qui causent du tumulte. Cette morale du bâton, appliquée judicieusement, n'est désapprouvée par aucun Chinois paisible, elle a passé dans les mœurs.

De tous les monuments qui embellissent Pékin, les plus remarquables sont des arcs de triomphe élevés en l'honneur d'hommes recommandables par les services qu'ils ont rendus à l'humanité. Une chose bien curieuse encore est le pont jeté sur le fossé qui environne le palais de l'empereur : il représente un dragon d'une grandeur extraordinaire dont les pieds servent de piliers, le corps forme l'arche du milieu, la queue une autre, la tête une troisième : la masse entière est en jaspe noir.

Nankin est l'ancienne capitale de la Chine. Le monument le plus curieux de la Chine et de tout l'Orient est la fameuse tour de porcelaine. Ce merveilleux édifice est composé de neuf étages, divisés en dehors par autant de corniches parfaitement travaillées : on monte près de huit cents degrés pour atteindre au sommet. La forme de cette tour est octogone, et son élévation est prodigieuse, comparée à sa base, qui n'a que quarante pieds de circuit. L'extérieur est revêtu de porcelaines de diverses couleurs et qui sont liées avec tant d'art que l'ouvrage entier paraît d'une seule pièce. Autour de chaque galerie pendent quantité de petites cloches, dont les sons divers, musicalement calculés, rendent, lorsqu'elles sont agitées par le vent, des accords harmonieux.

L'empire de la Chine renferme environ dix-sept cents villes. Il est sillonné de canaux dont le plus remarquable est celui qui coupe la Chine du nord au midi, sur une étendue de sept cents lieues. Cet ouvrage est supérieur à tout ce que l'Europe a de plus merveilleux en ce genre.

Les mœurs des Chinois sont graves, cérémonieuses; leur langue est tellement compliquée que pour en acquérir une connaissance imparfaite il faut l'étudier toute la vie; cette difficulté nuit au développement de l'intelligence. Le livre sublime de Confucius est le code de morale des mandarins; le peuple est adonné à diverses superstitions.

Pendant notre séjour en Chine, le hasard nous fit rencontrer un missionnaire qui avait assisté au terrible incendie de Ou-Chan-Fou. Pour s'en faire une idée, nous dit-il, il faut savoir que sur le fleuve qui borde cette ville dans une étendue de trois lieues, sont ancrés un si grand nombre de jonques habitées par des familles entières, que de la rive opposée on dirait une immense et populeuse cité flottant sur l'eau. Eh bien! dans la nuit du 1er janvier 1850, un ouragan furieux éclata sur cette flotte innombrable, et dans la confusion qu'il y porta, le feu prit à l'un des navires. Aussitôt l'incendie attisé par le vent, alimenté par les matières combustibles se propage avec rapidité sur les bâtiments voisins. Sous l'action de l'orage et du feu les amarres sont rompues, les navires incendiés sont dispersés par la tempête, et en un clind'œil ils ont promené sur toute la ligne la flamme qui les dévore. Ce n'est plus qu'un gigantesque brasier dans lequel une multitude prodigieuse en proie au désespoir, poursuivie par le feu, cernée par les flots en courroux, se débat, hurle et meurt dans les tourbillons qui la consument ou dans les abîmes du fleuve qui l'engloutit.

Le lendemain, le nombre des cadavres retirés du fleuve et horriblement défigurés par le feu se montait à plus de soixante-dix mille. Vous voyez, ajouta avec émotion le vénérable missionnaire, que dans toutes les contrées du monde l'homme est soumis à de grandes calamités, qui doivent lui faire reporter ses pensées vers le ciel.

Nous franchissons la grande muraille qui sépare la Chine de la Tartarie, que nous laissons à notre droite ; nous traversons le Caboul, le Tibet, et nous allons dans l'Indoustan nous reposer sur les bords du Gange. La ville sainte de Bénarès est située sur la rive droite de ce fleuve, qui a deux lieues de large. Les maisons s'avancent jusque sur le bord du fleuve. Des escaliers ont été pratiqués pour faciliter le débarquement et les ablutions. Le nombre des pagodes, ou églises de cette ville, est considérable. Il y en a de peintes, de dorées ; toutes ont des dômes qui dominent les maisons et forment au loin un coup d'œil pittoresque. Bénarès est célèbre comme siége de la science des brahmes, ou prêtres du pays. Les brahmes et leurs adhérents croient à la métempsycose, ou transmigration des âmes dans le corps d'autres hommes ou des animaux, ce qui fait qu'ils s'abstiennent de tout ce qui a eu vie, et ont des mœurs fort douces. Le peuple est divisé par castes qui ne se confondent jamais. Comme nous exprimions à un savant Indien notre horreur de voir les hommes ainsi parqués, il nous répondit que cette classification était pour cette antique contrée une source de paix, de bonheur et de vertu. « Nous nous honorons, ajouta-t-il, d'exercer la profession de nos pères, et nous trouvons la félicité dans la modération de nos désirs. Cette barrière infranchissable d'une caste à l'autre resserre les liens de fraternité qui nous unissent. En quelque lieu que se rencontrent deux Indiens de la même caste, ils sont amis. En pourriez-vous dire autant des habitants de cette petite contrée brumeuse où vous avez reçu le jour ? »

On parle cinq langues principales dans l'Indoustan ; toutes dérivent du sanscrit, langue morte depuis un temps immémorial, et qui, dit-on, est aussi harmonieuse que le grec.

En quittant Bénarès, nous avions l'intention de nous
diriger sur Calcutta, ville superbe qui ne date que du
seizième siècle, et qui cependant compte 700,000 habitants; mais après avoir franchi l'Indus et le Padler
(c'est entre ces deux fleuves que s'arrêta Alexandre),
nous nous rendîmes à Surate. Toutes les maisons de
Surate sont plates; l'extérieur est orné de riches ouvrages de menuiserie; le dedans est de la plus grande
magnificence. Les murs, les plafonds, les parquets, sont
revêtus de porcelaines. Les fenêtres ne sont point de
verre comme en Europe, ce sont des écailles de croco-
dile ou de tortue, ou de nacre de perles dont les diffé-
rentes couleurs rendent la lumière plus agréable.

Délhy est l'ancienne capitale de l'empire du Mogol.
Aujourd'hui ses ruines occupent un emplacement considérable.

Agra est une très-grande ville qui fait partie des immenses possessions de la Compagnie anglaise dans l'Inde.
La grande place est ornée d'un éléphant en marbre blanc
qui jette de l'eau par sa trompe.

Avant de nous rendre en Perse, nous ne devons pas
oublier d'aller voir la ville ou plutôt la vallée de Cache-
mire. Rien n'égale la surprise que nous éprouvâmes en
entrant dans cette vallée magnifique, élevée de 1,800 mètres au-dessus du niveau de l'Océan, bordée d'un côté
par l'Himalaya et ses branches, et de l'autre par des
montagnes sourcilleuses dont les flancs laissent échapper
de nombreuses rivières. L'extrême abondance et la vi-
gueur des végétaux, la variété des sites, la douceur de
l'air qu'on y respire, l'aspect riant des maisons dissémi-
nées dans la campagne, tout y flatte à la fois les yeux et
l'imagination. Nous remontâmes le cours d'un ruisseau
qui cachait sa modeste origine dans un vallon solitaire.
Là, assis sur sa rive fleurie et regardant couler son onde
limpide, nous ne pouvions nous arracher au calme délicieux qui reposait notre âme, et nous préférions ces douces sensations aux émotions profondes que nous avaient
causées la chute du Niagara, les forêts vierges de l'Amé-

rique et l'aspect calme ou orageux de l'immense
Océan.

Depuis quelque temps nous voyageons dans les contrées du monde les plus anciennement habitées, et qui
cependant n'offrent aux Européens aucun souvenir historique. Nous allons entrer dans un empire qui nous rap-
pellera les études de notre jeunesse. En effet, qui n'a pas
lu Quinte-Curce, ou qui n'a pas entendu parler d'Alexandre, de Darius, de Cambyse et de Cyrus !

Achmène, père de Cambyse, est le premier souverain
dont les annales de la Perse fassent mention. Cyrus, fils
de Cambyse, recula les bornes de ce royaume, et la
Perse, jusqu'alors inconnue, parut avec tant d'éclat que
sa gloire effaça celle des autres empires. Les successeurs
de Cyrus y ajoutèrent de nouvelles provinces. La Grèce
elle-même vit ses campagnes désolées par les troupes
innombrables des Persans ; mais Alexandre vengea les
Grecs, porta la guerre en Asie, dépouilla Darius de ses
Etats, et devint maître de la Perse.

Depuis la mort de ce conquérant, cette vaste monar-
chie fut déchirée par des guerres intestines jusqu'à l'é-
poque où Arsace, roi des Parthes, en fit la conquête. Les
Arsacides le possédèrent 600 ans. Ismaël, gendre de Mahomet, en fit la conquête, et sa famille régnait encore
au commencement du dix-huitième siècle, lorsque Tha-
mas-Koulikan força le souverain régnant à abdiquer.
Depuis la mort de ce nouveau prince, qui périt de la
main de ses parents, la Perse devint la proie de factions,
et ce n'est que de nos jours que la stabilité a commencé
à y renaître.

Téhéran, aujourd'hui capitale de la Perse, malgré les
embellissements qu'on s'efforce de lui donner, est loin
d'offrir aux voyageurs le même intérêt qu'Ispahan :
allons donc à Ispahan. Cette dernière ville n'est pas,
comme Palmyre, Thèbes, Persépolis, une cité réduite à
l'état de squelette ; c'est un vaste corps dont les membres sont mutilés, mais dont le cœur bat encore. Cette
ville a environ 15 lieues de tour, et peut contenir deux

millions d'habitants. Les maisons n'y ont en général qu'un étage, et chacune a un grand jardin. Mais cette superbe capitale, où Chardin avait compté trois cents mosquées, quatre-vingts colléges, mille huit cents caravansérails et trois cent cinquante établissements de bains, n'est plus aujourd'hui que l'ombre de ce qu'elle était autrefois. On laboure les jardins publics, on marche trois heures dans des chemins qui étaient des rues pour arriver au centre de la ville, qui ne compte plus que 200,000 habitants. La grande place est un rectangle de 600 mètres de long sur 300 de large; elle est environnée par un canal limpide, et bordée de maisons couvertes en terrasses garnies de fleurs et d'arbustes. Le palais des anciens rois a plus d'une lieue de circonférence. On y entre du côté de la place par un péristyle très-élevé et tout entier en porphyre.

Rien n'est plus magnifique que les magasins de porcelaine ou d'étoffes rares, on les prendrait pour autant de palais. Les murailles en sont enrichies de jaspe, de bois rares et de peintures. Le pavillon du palais est encore plus surprenant : on y voit deux chambres lambrissées de mosaïques et de pierres précieuses. Dans l'une d'elles est le trône, resplendissant de diamants, de saphirs et d'émeraudes, qui scintillent sur des brocarts d'or.

En quittant Ispahan, nous avons franchi les montagnes de Féa et la plaine où fut Suse, dont Cyrus avait fait le siége de son empire. Schiraz, où nous nous rendîmes ensuite, est la capitale du Farsistan. Cette ville est sous le plus beau climat du monde; l'hiver y est doux, l'été sans chaleur brûlante. Mais que peuvent les bienfaits de la nature contre les fureurs humaines? Prise d'assaut plus d'une fois, elle a été livrée aux flammes et au pillage, et sera peut-être avant peu dans le même état que Persépolis.

A douze lieues de Schiraz, sont les ruines d'Istakhar, ou Persépolis, ancienne capitale du royaume de Perse, détruite par les Arabes dans le septième siècle; les vastes ruines de cette ville forment au loin un magnifique amphithéâtre.

L'édifice le mieux conservé est le palais de Darius. La façade de ce palais a environ 520 mètres de longueur et 320 de largeur ; sa hauteur est de 25 mètres. Un bel et grand escalier en pierre bleue en est la principale entrée ; il aboutit à un vaste portique bordé de pilastres et de colonnes de marbre à demi ruinées. A droite de ce portique est une terrasse soutenue par un mur de marbre ; on y monte par trois escaliers. Un triple rang de statues au nombre de plus de 80 attire spécialement l'attention. L'un des trois rangs a été rompu, on ne voit plus que la moitié des statues. Un autre morceau également curieux, ce sont des colonnes de marbre jaspé qui remplissent une enceinte au bas de la terrasse. Il y en a un grand nombre de renversées ; mais celles qui sont encore entières ont plus de 20 mètres de haut. On rencontre parmi ces ruines beaucoup de statues et de groupes remarquables, entre autres un lion saisissant un taureau. Non loin du palais de Darius sont deux monuments creusés dans le roc vif : ce sont les tombeaux des anciens rois : ils ont été brisés en plusieurs endroits, sans doute pour arracher à ces morts orgueilleux les richesses qu'ils avaient emportées dans la tombe.

Les Persans sont en général d'une figure agréable ; ils ont l'esprit pénétrant et subtil ; mais leur penchant à la volupté les énerve de bonne heure. Leur affabilité, leur politesse, ont, comme chez nous, la vanité et l'intérêt pour mobile. Les femmes ont la physionomie expressive, le regard étincelant, le sourire velouté, la peau blanche et douce. Elles excellent dans la musique, dans la danse, sont sensibles à l'amitié et passionnées pour le plaisir.

L'éducation de la jeunesse est considérée chez ce peuple comme le plus important devoir. On inculque aux enfants, dès l'âge le plus tendre, que la bienveillance, la probité, la justice, que la vertu, en un mot, est la base du bonheur, même sur la terre. Les mosquées, les édifices publics, les maisons, sont ornés de sentences telles que celles-ci :

« Trois choses ne se connaissent qu'en trois occasions :
« le courage dans le péril, la sagesse dans la colère, et
« l'amitié dans l'infortune. »

« Honore ton père dans un vieillard; dans un enfant
« aime ton fils. »

D'un trait nous avons passé le golfe Persique, traversé
l'Arabie, sans même nous arrêter à la Mecque, où naquit
Mahomet, ni à Médine, où l'on voit son tombeau, et
arrivé sur le rivage de la mer Rouge, un bateau à vapeur
nous a transporté sur l'autre bord; nous sommes en
Nubie, que les anciens appelaient Ethiopie. La Nubie n'est
aujourd'hui qu'une vaste solitude habitée çà et là par un
peuple barbare et malheureux. Il y a seulement sur le
Nil deux ou trois États de quelque importance ; le Dongala au nord, le Sennaar au sud, et le Darfour à l'est.
La capitale du Dongala est une ville à moitié déserte, et
encombrée de sables que les eaux y charrient des montagnes voisines. On trouve, non loin de cette ville, des
ruines qui peuvent rivaliser avec ce qu'offrent de plus
curieux Thèbes et Persépolis, et qui annoncent l'antique
civilisation de cette partie de l'Afrique, qui reg rdait la
vieille Egypte comme une de ses colonies.

L'état physique des lieux témoigne en faveur cette
prétention des Ethiopiens. Il est certain qu'à une poque
dont l'ancienneté échappe à tous les calculs, le N était
arrêté par la montagne granitique à travers laquelle il s'est
ouvert le passage qui forme aujourd'hui la cataracte de
Syène. A cette même époque, la mer Rouge était jointe
à la Méditerranée : alors il n'y avait pas d'Egypte. Le
Nil gagnait la Méditerranée à travers le désert Libyque.
Par un cataclysme quelconque le fleuve trouva enfin un
libre passage dans la direction du nord, et la vallée
formée par les monts arabiques et les monts libyques,
depuis Syène jusqu'à Memphis, offrit aux eaux un large
lit de sable inculte et d'une pente régulière; il y déposa
son limon, et il en sortit un des plus florissants empires
de l'univers. Cet empire dut sa naissance aux Ethiopiens:
les monuments de l'Egypte le prouvent incontestablement,

car la plupart des animaux sacrés, selon le religion égyptienne, sont étrangers à l'Egypte proprement dite, et existent encore dans la Nubie. Quoi qu'il en soit, l'Ethiopie et l'ancienne Egypte ont cessé d'exister, et ne sont plus l'une et l'autre dans les annales du monde que comme ces fossiles nombreux découverts dans des régions diverses, et qui témoignent des catastrophes qui les bouleversèrent.

Les Éthiopiens passaient pour les plus sages des hommes. On peut juger de leurs mœurs par une action que rapporte Hérodote. Lorsque Cambyse leur envoya, pour les surprendre, des ambassadeurs et des présents composés de pourpre, de bracelets d'or et de parfums, ils se moquèrent de ses dons où ils ne voyaient rien d'utile à la vie. Mais leur roi voulut aussi faire un présent à celui de Perse ; et prenant en main un arc qu'un Perse aurait à peine soutenu, il le banda en présence des ambassadeurs, et leur dit : « Quand les Perses pourront se servir d'un arc de cette grandeur et de cette force, qu'ils viennent attaquer les Ethiopiens et qu'ils amènent plus de troupes que n'en a Cambyse. » Cela dit, il débanda l'arc et le remit aux ambassadeurs. Cambyse, irrité de cette réponse, s'avança en Ethiopie comme un insensé et vit périr son armée dans une tempête de sable avant d'atteindre l'ennemi.

Passons avec notre vélocité habituelle, quand le temps nous presse, les montagnes de la Lune, traversons la Mitomba, la tortueuse rivière de Gambie, le rapide Sénégal ; laissons à droite les îles du Cap-Vert, battues par les mers orageuses, couvertes de pâturages mobiles et brûlées par un soleil meurtrier. Allons nous reposer dans l'île de Ténériffe, la plus considérable des Canaries.

La ville capitale, nommée Laguna, est située sur le bord d'un lac dont elle tire son nom. Ses jardins, ses allées d'arbres, ses bosquets, son lac, son aqueduc et la douceur des vents dont elle est rafraîchie, la font passer pour une habitation délicieuse.

Qui n'a pas entendu la suave mélodie des jolis oiseaux originaires de ces climats ? Qui n'a pas savouré une fois en sa vie le breuvage divin que produit son sol fertile ? Nous n'en parlerons pas plus que de ses excellents fruits, tels que melons, oranges, figues, pêches, bananiers : le midi de la France n'a rien à envier sous ce rapport aux îles Fortunées. C'est au sommet du pic de Ténériffe que nous allons conduire notre lecteur.

Du haut de cette montagne, à laquelle Humboldt assigne onze mille quatre cents pieds d'élévation, on découvre la grande Canarie, qui est à douze lieues ; l'île de Palma, éloignée de vingt ; celle de Goméra, qui n'en est qu'à six, et celle de Fer à plus de vingt-cinq.

Aussitôt que le soleil se montra à l'horizon, l'ombre du pic parut couvrir non-seulement l'île de Ténériffe et celle de Goméra, mais toute la mer aussi loin que les regards pouvaient s'étendre, et la pointe du mont semblait tourner distinctement et se peindre en noir dans les airs.

Après avoir passé quelque temps au sommet du pic, où le froid était extrême, nous descendîmes par une route sablonneuse jusqu'à une grotte singulière. Enfin, harassé de fatigue, et ayant éprouvé en un seul jour les vicissitudes extrêmes de tous les climats du globe, et ces émotions vives et profondes qui font époque dans la vie, nous nous rendîmes à Orotava, où nous nous embarquâmes pour Lisbonne.

Le soleil était sur son déclin quand nous entrâmes dans le Tage et dorait le sommet des collines sur lesquelles Lisbonne s'élève en amphithéâtre. Nous prîmes terre en face de la riche église de Bélem, sur le rivage même où s'embarqua Vasco de Gama.

Quand un amateur, entré dans une vaste galerie de peinture, se laisse captiver par les premiers chefs-d'œuvre, il est forcé de ne voir qu'en courant ceux qui se trouvent sur son passage à la sortie de l'édifice ; de même nous sommes contraint pour arriver à temps au terme fatal qui nous est assigné, de remonter le Tage en passant, sans nous y arrêter, par Abrantès, Alcantara, Talavéra et Tolède. Du haut de l'Alcazar de cette dernière ville , nous embrassons du regard et de la pensée la province où l'Homère espagnol a placé les héros de son roman. Telle est le charme prestigieux de l'écrivain de génie qu'il rend intéressants les lieux où sont censés avoir vécu ses personnages fantastiques. C'est pourquoi nous vîmes avec attendrissement les plages verdoyantes de l'Ile de France et les montagnes pittoresques du Valais. Don Quichotte, Paul et Virginie, Héloïse et Saint-Preux , vos noms sont revêtus d'immortalité comme ceux d'Achille, de Didon et d'Énée !

A notre arrivée à Madrid, toute la ville était en émoi par l'annonce du départ prochain d'un aéronaute qui devait franchir en douze heures l'espace qui sépare Londres de cette ville. En faisant des vœux pour la réussite de cette audacieuse entreprise, nous continuâmes notre route les yeux fermés par Burgos, Oviédo et la Corogne. Heureusement nous trouvâmes dans le port de cette ville un capitaine américain que nous avions connu à Buenos-Ayres et qui offrit de nous prendre à son bord pour nous conduire à l'embouchure de la Seine. Cinq jours après nous étions au Havre.

Il faut avoir été longtemps absent de son pays pour comprendre la joie que nous éprouvâmes en touchant le sol natal et en pressant dans nos bras l'amie dévouée qui nous attendait sur la rive. A peine débarqué nous montâmes sur le cap de la Hève, et en contemplant la mer et le riant vallon d'Ingouville, nous nous écriâmes avec enthousiasme : En fait de sites pittoresques comme en toute autre chose, la France n'a rien à envier aux autres contrées du monde !

Enfin nous voilà revenu à Paris, et nous avons fait le tour du monde en soixante pages.—L'univers entier s'est déroulé à nos regards, et partout nous avons vu des vices et des vertus, des avantages et des inconvénients qui se compensent, et nous revenons dans notre patrie dépouillé de notre sot orgueil, de nos vains préjugés, plus indulgent pour tous les hommes, et appelant de nos vœux le temps où tous les peuples de la terre ne formeront plus qu'une seule et harmonieuse famille.

Cette consolante espérance n'est peut-être pas une vaine chimère. Les gaz, la vapeur, l'électricité, éléments de locomotion terrestre, maritime et aérienne, de transmission instantanée de la pensée, de lumière vivifiante et de puissance invincible marchent à leur perfection. En centuplant les forces physiques et intellectuelles de l'homme, ils accroîtront son bien-être, son intelligence et sa moralité, et la vie humaine s'agrandira par la multiplicité des sensations. Le contact incessant de tous les peuples produira les mêmes besoins, les mêmes goûts, les mêmes mœurs ; du mélange de mille idiomes jaillira une langue riche, harmonieuse, universelle, et ce qui passe aujourd'hui pour une utopie chimérique, la fraternité sincère et générale, deviendra une consolante et sublime réalité !

Utinam fata sinant !

FIN.

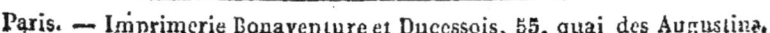
Paris. — Imprimerie Bonaventure et Ducessois, 55, quai des Augustins.

www.ingramcontent.com/pod-product-compliance
Lightning Source LLC
Chambersburg PA
CBHW060808180626
46818CB00002B/759